Fjodor Michailowitsch Dostojewski, geboren am 11. Oktober 1821 in Moskau, ist am 9. Februar 1881 in Petersburg gestorben.
Was wäre die Welt ohne Dostojewski? Welcher bedeutende Schriftsteller unserer Zeit hätte ihn nicht gelesen, sich nicht über ihn geäußert? Welchen Leser hätten die von ihm dargestellten Probleme nicht aufgewühlt?
Fjodor Dostojewskis literarisches Werk, vor gut hundert Jahren abgeschlossen, hat unverändert starke Wirkung und liegt auch in vielen deutschen Übersetzungen vor. Eine der großen Meisterleistungen des Insel Verlages zu Beginn der zwanziger Jahre war die Veröffentlichung sämtlicher Romane und Novellen des großen Russen in der Übersetzung von Hermann Röhl – einer so sorgfältigen und klug durchdachten Übersetzung, daß sie ohne Überarbeitung heutigen Kriterien voll standhält. Die Übertragung des Spätwerks »Die Brüder Karamasow« hatte mit gleichem Erfolg Karl Nötzel übernommen.
Es gibt in der Welt Dostojewski-Anhänger und Tolstoi-Anhänger, es wechseln im Leben eines Menschen Dostojewski-Phasen mit Tolstoi-Phasen. So gibt es auch Dostojewski-Phasen in der Geschichte, und wir stehen in einer solchen Phase des verstärkten Blickes auf diesen Dichter. Die Vielschichtigkeit seines Werkes mit seiner religiösen Grundhaltung, dem psychologischen Durchdringen, dem ethischen Anliegen und der ständigen Aufforderung an den Leser, selbst zu entscheiden, zieht junge und alte Menschen, Leser im Westen und in der Sowjetunion heute besonders stark in ihren Bann. Bei den besten russischen Autoren der Gegenwart verbindet sich Achtung vor Dostojewski mit unmittelbarem Einfluß auf ihr schriftstellerisches Schaffen.
»Der Spieler«, »Schuld und Sühne«, »Der Idiot«, »Die Teufel«, »Die Brüder Karamasow« sind nur ein Teil des Schaffens dieses außergewöhnlichen Genius. Erzählungen und romanartige Aufzeichnungen ergänzen das Werk. Sie verdienen dieselbe Beachtung. Vor uns steht ein Bild des Menschen in seiner Widersprüchlichkeit und Vielfalt. Es entstehen Teufel und Engel von Menschen. Es zeigt sich das Teuflische und Engelhafte im einzelnen.
In 16 Bände aufgeteilt, legt der Insel Verlag die zuverlässige und empfehlenswerte Übersetzung in Einzelausgaben vor, die viele Menschen wieder zu Dostojewskis Werk führen sollte.

insel taschenbuch 967
Dostojewski
Aus dem Dunkel
der Großstadt

Dostojewski
Sämtliche Romane und Erzählungen

BAND 7

Dostojewski
Aus dem Dunkel der Großstadt

AUFZEICHNUNGEN
AUS DEM RUSSISCHEN VON
HERMANN RÖHL

INSEL VERLAG

Umschlagabbildung von Theodor Eberle
Aus dem Dunkel der Großstadt
(Auch unter dem Titel »Aufzeichnungen aus dem Kellerloch« oder
»Aufzeichnungen aus dem Untergrund« bekannt)
Originaltitel: Zapiski iz podpol'ja. Erstveröffentlichung: 1864
Der Text folgt der Ausgabe:
F. M. Dostojewski, Sämtliche Romane und Novellen.
Insel Verlag, Leipzig 1921

insel taschenbuch 967
Erste Auflage 1986
Insel Verlag Frankfurt am Main

Vertrieb durch den Suhrkamp Taschenbuch Verlag
Umschlag nach Entwürfen von Willy Fleckhaus
Satz: IBV Satz- und Datentechnik GmbH, Berlin
Druck: Ebner Ulm · Printed in Germany

1 2 3 4 5 6 – 91 90 89 88 87 86

AUS DEM DUNKEL DER GROSSSTADT

ERSTER TEIL
DAS DUNKEL*

I

Ich bin ein kranker Mensch... Ich bin ein schlechter Mensch. Ich besitze nichts Anziehendes. Ich glaube, ich bin leberleidend. Indes verstehe ich von meiner Krankheit nicht die Bohne und weiß nicht genau, was eigentlich bei mir krank ist. Ich wende keine Kur an und habe es nie getan, obwohl ich vor der medizinischen Wissenschaft und den Ärzten Respekt habe. Zudem bin ich auch noch äußerst abergläubisch, wie schon aus meinem Respekte vor der medizinischen Wissenschaft zu ersehen ist. (Ich besitze eine hinreichende Bildung, um nicht abergläubisch zu sein; aber ich bin es trotzdem.) Nein, daß ich keine Kur anwende, geschieht aus Bosheit. Das wird Ihnen gewiß nicht verständlich sein. Na, aber mir ist es verständlich. Ich kann Ihnen natürlich nicht klarmachen, wem ich denn eigentlich in diesem Falle mit meiner Bosheit einen Tort antun will; ich weiß recht wohl, daß ich auch die Ärzte nicht dadurch kränken kann, daß ich mich nicht von ihnen behandeln lasse; ich weiß besser als sonst jemand, daß ich durch mein ganzes Verhalten einzig und allein mir selbst schade und sonst nie-

*Sowohl der Autor der Aufzeichnungen als auch die Aufzeichnungen selbst sind selbstverständlich erdacht. Indessen ist die Existenz solcher Persönlichkeiten wie der Verfasser dieser Aufzeichnungen in unserer Gesellschaft nicht nur möglich, sondern sogar ein Ding der Notwendigkeit; das ist eben eine Folge der Umstände, unter denen sich unsere Gesellschaft überhaupt gebildet hat. Ich wollte dem Lesepublikum einen Charakter aus der unlängst verflossenen Zeit in etwas anschaulicherer Weise vor Augen stellen, als das sonst gewöhnlich geschieht. Es ist dies ein Vertreter der noch bis auf unsere Tage herabreichenden Generation. In diesem Fragmente, das den Titel »Das Dunkel« führt, präsentiert er sich selbst und seine Anschauungsweise und möchte gewissermaßen die Gründe verständlich machen, warum er in unserer Mitte aufgetreten ist und hat auftreten müssen. In dem folgenden Fragmente werden dann die wirklichen »Aufzeichnungen« dieses Menschen über einige seiner Erlebnisse zur Mitteilung gelangen.

Fjodor Dostojewski

mandem. Aber dennoch: Wenn ich gegen meine Krankheit nichts tue, so unterlasse ich es aus Bosheit. Meine werte Leber ist krank; nun, da mag sie noch kränker werden!
Ich lebe schon lange in dieser Weise, schon zwanzig Jahre. Jetzt bin ich vierzig. Ich bekleidete früher ein Amt; aber jetzt habe ich keines. Ich war ein boshafter Beamter. Ich war grob und fand darin mein Vergnügen. Da ich keine Douceurs annahm, so mußte ich mir wenigstens durch meine Grobheit das Leben versüßen. (Ein mißlungenes Bonmot; aber ich streiche es nicht aus. Ich schrieb es hin in der Meinung, es werde sehr geistreich herauskommen; aber jetzt, wo ich selbst einsehe, daß ich nur in einer widerwärtigen Weise großtun wollte, streiche ich es absichtlich nicht aus!) Sobald an den Tisch, an dem ich saß, Bittsteller mit Anfragen herantraten, sah ich sie wütend und unter Zähneknirschen an und hatte eine höchst wonnevolle Empfindung, wenn es mir gelang, einen in Angst zu versetzen. Und das gelang mir fast immer. Es war eben größtenteils ein schüchternes Völkchen, wie das im Wesen der Bittsteller zu liegen pflegt. Aber unter den flotten jungen Leuten konnte ich besonders einen Offizier nicht leiden. Er wollte sich mir schlechterdings nicht fügen und rasselte in einer widerwärtigen Weise mit dem Säbel. Wegen dieses Säbels habe ich mit ihm anderthalb Jahre lang Krieg geführt. Endlich trug ich den Sieg davon. Er hörte auf, mit dem Säbel zu rasseln. Übrigens begab sich das, als ich noch ein junger Mensch war. Aber wissen Sie wohl, meine Herren, worüber ich mich am allermeisten boste? Gerade darin bestand der ganze Verdruß, gerade darin lag die größte Gemeinheit, daß ich in jedem Augenblicke, sogar im Momente des ärgsten Grimmes mir schmählicherweise bewußt war, daß ich nicht nur kein boshafter, sondern nicht einmal ein jähzorniger Mensch bin, daß ich nur zwecklos Spatzen erschreckte und mich damit amüsierte. Und sollte mir sogar vor Wut der Schaum vor dem Munde stehen, so reiche man mir ein Püppchen oder gebe mir ein Täßchen Tee mit Zucker, und ich glaube, ich beruhige mich völlig. Ich werde sogar ganz gerührt, obgleich ich nachher sicher auf mich selbst wütend sein und

vor Scham ein paar Monate lang an Schlaflosigkeit leiden werde. Das ist eben so meine Gewohnheit.

Wenn ich vorhin von mir selbst gesagt habe, ich sei ein boshafter Beamter gewesen, so habe ich damit gelogen, aus Bosheit gelogen. Daß ich die Bittsteller und den Offizier so behandelte, war von mir einfach Mutwille; in Wirklichkeit konnte ich nie boshaft werden. Ich war mir fortwährend vieler, sehr vieler dem ganz entgegengesetzter Elemente in meinem Innern bewußt. Ich fühlte, daß sie in mir nur so wimmelten, diese entgegengesetzten Elemente. Ich wußte, daß sie mein ganzes Leben lang in mir gewimmelt und aus mir herausgewollt hatten; aber ich ließ sie nicht heraus, nein, ich ließ sie nicht heraus, absichtlich nicht. Sie peinigten mich bis zum Schamgefühl, brachten mich bis zu Krampfanfällen und wurden mir schließlich ganz zuwider; oh, wie sehr zuwider wurden sie mir! Sie werden doch nicht etwa glauben, meine Herren, daß ich jetzt vor Ihren Ohren Reue über irgend etwas ausspreche, Sie wegen irgend etwas um Verzeihung bitte?... Ich bin davon überzeugt, daß Sie das glauben... Übrigens kann ich Ihnen versichern, daß es mir ganz gleichgültig ist, wenn Sie das glauben...

Daß ich nicht verstanden habe, boshaft zu werden, ist nicht das einzige: Ich habe überhaupt nicht verstanden, etwas zu werden, weder boshaft noch gutmütig, weder ein Schuft noch ein Ehrenmann, weder ein Held noch ein Wurm. Jetzt aber lebe ich in meinem stillen Winkel und ziehe mich mit dem boshaften, wirkungslosen Troste auf, daß ein verständiger Mensch überhaupt nichts ernstlich werden kann, sondern etwas zu werden nur einem Dummkopfe möglich ist. Ja, ein Mensch des neunzehnten Jahrhunderts muß ein im höchsten Grade charakterloses Wesen sein; dazu ist er moralisch verpflichtet; ein charakterfester Mensch dagegen, ein Mann der Tat, ist ein im höchsten Grade beschränktes Wesen. Das ist die Überzeugung, zu der ich durch ein vierzigjähriges Leben gelangt bin. Ich bin jetzt vierzig Jahre alt; und vierzig Jahre, das ist ja das ganze Leben; das ist ja das höchste Greisenalter. Länger als vierzig Jahre zu leben ist unanständig, gemein, unmoralisch. Wer lebt denn länger als vierzig Jahre? Antworten Sie offen und ehrlich! Ich will Ihnen sagen, wer länger lebt: Das tun nur Dummköpfe und Taugenichtse. Das sage ich allen alten Herren ins Gesicht, all diesen respektablen, silberhaarigen, wohlparfümierten alten Herren! Der ganzen Welt sage ich das ins Gesicht! Ich habe ein Recht, so zu reden, weil ich selbst bis zum sechzigsten Jahre leben werde. Bis zum siebzigsten werde ich leben! Bis zum achtzigsten werde ich leben!... Warten Sie mal! Lassen Sie mich erst wieder Atem holen...

Sie denken gewiß, meine Herren, ich wolle Sie zum Lachen bringen? Aber auch darin haben Sie sich geirrt. Ich bin überhaupt nicht ein so lustiger Mensch, wie Sie glauben, oder wie Sie *vielleicht* glauben; übrigens, wenn Sie, gereizt durch dieses ganze Geschwätz (und ich habe schon die Empfindung, daß Sie gereizt sind), auf den Einfall kommen, mich zu fragen, wer ich denn eigentlich sei, so will ich Ihnen darauf antworten: Ich besitze den Rang eines Kollegienassessors. Ich bin im Staatsdienst tätig gewesen, um mein tägliches Brot zu haben (einzig und allein deshalb), und als mir im vorigen Jahre ein entfernter Verwandter testamentarisch sechstausend Rubel hinterließ, nahm ich sofort den Abschied und siedelte mich in diesem meinem stillen Stübchen an. Gewohnt habe ich in diesem Stübchen auch schon vorher; aber jetzt habe ich mich hier fest angesiedelt. Es ist eine jämmerliche, garstige Behausung, ganz am Rande der Stadt. Meine Aufwärterin ist ein altes Bauernweib, das vor lauter Dummheit boshaft ist und überdies immer häßlich riecht. Es wird mir gesagt, das Petersburger Klima werde mir schädlich werden und für meine sehr geringen Mittel sei das Leben in Petersburg zu teuer. Ich weiß das alles, besser als all diese erfahrenen, weisen Ratgeber. Aber trotzdem bleibe ich in Petersburg; ich werde nicht aus Petersburg wegziehen! Das werde ich deswegen nicht tun, weil... Ach was! Es ist ja völlig gleichgültig, ob ich wegziehe oder nicht.

Übrigens: Wovon kann ein ordentlicher Mensch mit dem größten Vergnügen sprechen?

Antwort: Von sich.

Na, dann werde ich also von mir sprechen.

II

Ich möchte Ihnen jetzt erzählen, meine Herren (mögen Sie nun Lust haben, es anzuhören, oder nicht), warum ich nicht einmal ein Wurm zu werden verstanden habe. Ich sage Ihnen in allem Ernste, daß ich oftmals den Wunsch gehabt habe, ein Wurm zu werden. Aber auch dessen bin ich nicht gewürdigt worden. Ich versichere Ihnen mit aller Bestimmtheit, meine Herren, daß zuviel Erkenntnis eine Krankheit ist, eine wirkliche, reguläre Krankheit. Für den menschlichen Bedarf wäre eine gewöhnliche menschliche Erkenntnis vollkommen ausreichend, das heißt die Hälfte oder ein Viertel derjenigen Portion, die auf einen geistig entwickelten Menschen unseres unglücklichen neunzehnten Jahrhunderts entfällt, der obendrein noch das doppelte Unglück hat, in Petersburg zu wohnen, derjenigen Stadt des ganzen Erdballs, in der das abstrakte Denken am meisten im Schwange ist. (Es gibt Städte, in denen abstrakt gedacht wird, und solche, in denen das nicht geschieht.) Ganz ausreichend würde zum Beispiel eine solche Erkenntnis sein wie die, mit der alle Männer des unmittelbaren praktischen Handelns leben. Ich möchte darauf wetten, Sie glauben, daß ich das alles aus Renommage schreibe, um über die Männer des praktischen Lebens zu witzeln und außerdem mit meinem schlechten Tone zu renommieren, und daß ich gleichsam wie mein Offizier mit dem Säbel rassele. Aber, meine Herren, wer kann denn auf seine Krankheiten stolz sein und gar noch mit ihnen renommieren?

Aber was rede ich da? Das tun ja doch alle; gerade auf ihre Krankheiten sind sie stolz, und ich vielleicht in höherem Grade als alle andern. Wir wollen darüber nicht streiten: Ich gebe zu, daß mein Einwand absurd war. Dennoch aber bin ich fest davon überzeugt, daß nicht nur sehr viel Erkenntnis, sondern sogar jede Erkenntnis eine Krankheit ist. Dabei bleibe ich. Aber lassen wir auch dieses Thema ein Weilchen beiseite! Sagen Sie mir bitte einmal folgendes: Wie ging es zu, daß ich gerade in denselben Minuten, ja, gerade in denselben Minuten, in denen ich am fähigsten war, alle

Feinheiten »alles Schönen und Erhabenen« zu erkennen, wie man sich bei uns ehemals ausdrückte, wie ging es zu, daß ich da so garstige Dinge nicht nur dachte, sondern auch tat, Dinge, wie sie... na ja, kurz gesagt, Dinge, die zwar vielleicht alle Menschen begehen, die mir aber, wie ausgerechnet, gerade dann passierten, wenn ich am klarsten erkannte, daß man sie überhaupt nicht tun dürfe? Je mehr ich das Gute und all dieses »Schöne und Erhabene« erkannte, um so tiefer versank ich in meinen Sumpf und um so fähiger war ich, vollständig in ihm stecken zu bleiben.
Aber der wichtigste, charakteristischste Zug bestand darin, daß das alles sich in meinem Innern nicht zufällig zutrug, sondern gewissermaßen als ob es mit Notwendigkeit so sein müßte. Wie wenn das mein durchaus normaler Zustand wäre und keineswegs eine Krankheit, eine sittliche Verderbtheit, so daß mir schließlich die Lust verging, gegen diese sittliche Verderbtheit anzukämpfen. Es endete damit, daß ich beinah glaubte (und vielleicht glaubte ich es tatsächlich), daß dies wohl wirklich mein normaler Zustand sei. Aber zuerst, am Anfang, wieviel Qualen hatte ich da bei diesem Kampfe auszuhalten! Ich glaubte nicht, daß es anderen ebenso ginge, und verbarg daher mein ganzes Leben lang diesen Vorgang wie ein Geheimnis. Ich schämte mich (ja, vielleicht schäme ich mich auch jetzt noch); es kam so weit, daß ich manchmal eine Art von geheimem, unnatürlichem, gemeinem Genusse darin empfand, so in einer besonders ekelhaften Petersburger Nacht zu mir nach Hause in mein Stübchen zurückzukehren und mir mit Gewalt dessen bewußt zu werden, daß ich auch jetzt wieder eine Schändlichkeit begangen hätte, eine nie wieder rückgängig zu machende Schändlichkeit, und dann innerlich deswegen im geheimen an mir herumzunagen, herumzusägen, herumzusaugen, bis die Bitterkeit sich schließlich in eine Art von schmählicher, nichtswürdiger Süße verwandelte und zuletzt in einen ausgesprochenen, wirklichen Genuß! Ja, in einen Genuß, in einen Genuß! Ich bleibe dabei. Eben deswegen habe ich hiervon zu sprechen angefangen, weil ich gern zuverlässig in Erfahrung bringen möchte, ob bei anderen sol-

che Genußempfindungen ebenfalls vorkommen. Ich werde Ihnen den Kausalzusammenhang erklären: Der Genuß rührte hier gerade von einer besonders klaren Erkenntnis der eigenen Erniedrigung her, von der Empfindung, daß man bis an die letzte Mauer gelangt sei, daß diese Handlungsweise schändlich sei, aber doch eben nicht anders sein könne, daß man keinen Ausweg mehr habe und niemals ein anderer Mensch werden werde, daß, selbst wenn man Zeit zu einer Umwandlung hätte und an die Möglichkeit einer solchen glaubte, man doch zu einer derartigen Umwandlung selbst keine Lust haben würde, und wenn man Lust dazu hätte, auch dann nichts ausrichten würde, weil es vielleicht tatsächlich nichts gebe, in was man sich umwandeln könnte. Die Hauptsache aber und das letzte Ende ist, daß sich dies alles nach den normalen Fundamentalgesetzen der gesteigerten Erkenntnis und auf Grund des Beharrungsvermögens vollzieht, welches direkt auf diesen Gesetzen beruht; infolgedessen aber ist nicht nur eine Umwandlung unmöglich, sondern man richtet einfach überhaupt nichts aus. Es ergibt sich zum Beispiel aus der gesteigerten Erkenntnis der Satz: »Du hast recht; du bist ein Schuft«, als ob das für einen Schuft ein Trost wäre, wenn er nunmehr selbst die Empfindung hat, daß er tatsächlich ein Schuft ist. Aber genug... Ach, ich habe da viel zusammengeschwatzt; aber was habe ich deutlich gemacht? Wodurch wird hierbei der Genuß erklärt? Aber ich werde mich schon verständlich machen. Ich werde diesen Gegenstand schon zu Ende führen! Zu diesem Zwecke habe ich ja auch die Feder zur Hand genommen...

Ich besitze zum Beispiel eine gewaltige Eigenliebe. Ich bin mißtrauisch und empfindlich wie ein Buckliger oder ein Zwerg; aber ungelogen, ich habe Augenblicke gehabt, wo ich, wenn mir jemand eine Ohrfeige gegeben hätte, mich vielleicht sogar darüber gefreut hätte. Ich rede im vollen Ernste: Sicherlich hätte ich verstanden, auch darin einen eigenartigen Genuß zu finden, selbstverständlich den Genuß der Verzweiflung; aber gerade in der Verzweiflung liegen die stärksten Genußempfindungen, besonders wenn man seine Rettungslosigkeit bereits sehr genau kennt. Hier aber, bei der Ohrfeige, da erdrückt einen ja ordentlich die Erkenntnis, zu was für einer schmierigen Masse man zerrieben worden ist. Die Hauptsache aber ist dies: Wie auch immer ich es überlegen mag, es ergibt sich doch stets als Resultat, daß in erster Linie immer ich selbst an allem schuld bin, und zwar, was das Schmerzlichste ist, unschuldigerweise daran schuld bin, sozusagen nach den Naturgesetzen. Erstens trage ich deswegen Schuld, weil ich klüger bin als alle, die mich umgeben. (Ich habe mich von jeher für klüger gehalten als alle, die mich umgeben, und mich manchmal – sollten Sie es glauben? – sogar deswegen geschämt. Wenigstens habe ich mein ganzes Leben lang gleichsam zur Seite geblickt und den Leuten nie gerade in die Augen sehen können.) Ferner trage ich insofern Schuld, als, selbst wenn ich auch Hochherzigkeit besäße, doch infolge der Erkenntnis der ganzen Nutzlosigkeit dieser Hochherzigkeit meine eigenen Qualen nur um so größer sein würden. Ich würde ja sicherlich mit meiner Hochherzigkeit nichts anzufangen wissen; ich könnte weder mit ihr verzeihen, weil der Beleidiger mich vielleicht nach den Naturgesetzen geschlagen hat und man den Naturgesetzen nichts zu verzeihen hat, noch auch könnte ich mit ihr vergessen, weil es doch immer eine Beleidigung bleibt, mag sie auch nach den Naturgesetzen erfolgt sein. Und endlich, selbst wenn ich überhaupt nicht hochherzig sein wollte, sondern vielmehr den Wunsch hätte, mich an dem Beleidiger zu rächen, so würde ich mich doch an niemandem und für nichts rächen können, weil ich mich sicherlich nicht dazu entschließen würde, etwas zu tun, selbst wenn ich es könnte. Warum würde ich mich nicht dazu entschließen? Darüber möchte ich ein paar Worte besonders sagen.

III

Wie geht es denn zum Beispiel bei Menschen zu, die es verstehen, sich zu rächen und überhaupt sich ihrer Haut zu wehren? Sobald sie das Rachegefühl erfaßt, bleibt in ihrem ganzen Wesen außer diesem Gefühle nichts übrig. Ein solcher Herr stürmt geradeaus auf das Ziel los, wie ein wütender Stier mit gesenkten Hörnern, und höchstens etwa eine Mauer kann ihn aufhalten. (Apropos: Vor der Mauer üben solche Herren, das heißt die Männer des unmittelbaren praktischen Handelns, eine aufrichtig gemeinte Resignation, wie wenn jemand beim Kartenspiele »paßt«. Für sie ist die Mauer nicht ein Hemmnis, wie zum Beispiel für uns denkende Menschen, die wir infolge des Denkens nichts tun; auch nicht ein Vorwand, um auf dem Wege umzukehren, ein Vorwand, an den unsereiner gewöhnlich selbst nicht glaubt, über den er sich aber immer sehr freut. Nein, sie »passen« in aller Aufrichtigkeit. Die Mauer hat für sie etwas Beruhigendes; sie gibt für sie in sittlicher Hinsicht den endgültigen Ausschlag; ja, sie legen ihr wohl gar eine Art von mystischer Bedeutung bei... Aber auf die Mauer komme ich später noch zurück.) Nun also, sehen Sie, einen solchen Menschen des unmittelbaren Handelns halte ich für den wahren Normalmenschen, wie ihn die zärtliche Mutter Natur selbst haben wollte, als sie ihn liebevoll auf der Erde erzeugte. Ich beneide einen solchen Menschen so heftig, daß ich grün und gelb werde. Er ist dumm; darüber streite ich mit Ihnen nicht; aber vielleicht muß der Normalmensch auch dumm sein; woher soll man das wissen? Vielleicht ist das sogar sehr hübsch. Und ich bin von der Richtigkeit dieses sozusagen Verdachtes aus einem bestimmten Grunde um so mehr überzeugt; denn wenn man zum Beispiel den Gegensatz des Normalmenschen nimmt, das heißt den Menschen mit der gesteigerten Erkenntnis, der selbstverständlich nicht aus dem Schoße der Natur, sondern aus der Retorte hervorgegangen ist (das streift schon an Mystizismus, meine Herren; aber das gehört mit zu meinem Verdachte), dann »paßt« dieser Retortenmensch manchmal dermaßen vor seinem Gegensatze, daß er trotz all seiner gesteigerten Erkenntnis sich selbst ganz ehrlich für eine Maus und nicht für einen Menschen hält Mag er auch eine Maus mit gesteigerter Erkenntnis sein; aber er ist doch eben nur eine Maus, und dort ist ein Mensch, folglich und so weiter. Und was die Hauptsache ist: Er hält sich ja von selbst für eine Maus, von selbst; niemand hat ihn darum ersucht; das ist ein wichtiger Punkt. Betrachten wir jetzt die Maus in ihrem Handeln! Setzen wir zum Beispiel den Fall, daß sie ebenfalls beleidigt ist (und sie wird fast immer beleidigt) und ebenfalls den Wunsch hat, sich zu rächen. Ingrimm sammelt sich in ihr vielleicht noch mehr an als in dem homme de la nature et de la vérité. Der häßliche, gemeine Wunsch, dem Beleidiger Böses mit Bösem zu vergelten, kann sie vielleicht noch heftiger peinigen als den homme de la nature et de la vérité, weil der letztere nach seiner angeborenen Dummheit seine Rache ganz einfach für eine Handlung der Gerechtigkeit hält, während die Maus infolge ihrer gesteigerten Erkenntnis der Ansicht ist, daß von Gerechtigkeit dabei nicht die Rede sei. Es kommt nun schließlich zum Handeln selbst, zum eigentlichen Racheakte. Die unglückliche Maus hat außer der einen ursprünglichen Garstigkeit schon in Gestalt von Fragen und Zweifeln so viele andere Garstigkeiten um sich herum zusammengebracht und an die eine Frage so viele unlösbare Fragen angeknüpft, daß sich ganz von selbst um sie herum eine Art von verhängnisvoller Jauche ansammelt, eine Art von stinkendem Schmutz, bestehend aus ihren Zweifeln und Gemütserregungen und schließlich auch aus dem Speichel, der auf sie von den Männern des unmittelbaren praktischen Handelns herniederregnet, welche als Richter und Diktatoren feierlich um sie herumstehen und sie aus vollem Halse auslachen. Selbstverständlich hat sie noch die Möglichkeit, mit einer geringschätzigen Bewegung ihres Pfötchens die ganze Sache auf sich beruhen zu lassen und mit dem Lächeln einer fingierten Verachtung, an die sie selbst nicht glaubt, schimpflich in ihr Mauseloch zu schlüpfen. Dort in ihrer häßlichen, übelriechenden, unterirdischen Behausung vergräbt sich unsere beleidigte, mißhandelte, ausgelachte Maus sofort in einen kalten, boshaften und vor allen Dingen lebenslänglichen Groll. Vierzig Jahre lang wird sie sich ununterbrochen der ihr angetanen Beleidigung bis auf die geringsten, schmählichsten Einzelheiten erinnern, dabei jedesmal aus ihrem Eigenen noch schmählichere Einzelheiten hinzufügen und auf diese Weise sich mit den Erfindungen ihrer eigenen Phantasie aufreizen und höhnen. Sie wird sich ihrer Erinnerung und ihrer Phantasie selbst schämen, dennoch aber sich alles ins Gedächtnis zurückrufen, alles durchmustern, sich Nichtgeschehenes ausdenken mit der Begründung, das hätte sich doch auch noch zutragen können, und wird nichts verzeihen. Vielleicht wird sie auch anfangen sich zu rächen, aber nur so bei einzelnen Gelegenheiten, in kleinlicher Weise, hinter dem Ofen hervor, inkognito, ohne selbst an ihr Recht zur Rache oder an den Erfolg ihrer Rache zu glauben, und vorherwissend, daß sie selbst von all ihren Racheversuchen hundertmal mehr zu leiden haben wird als derjenige, an dem sie sich rächt, dieser aber sich an der Bißstelle vielleicht nicht einmal kratzen wird. Auf ihrem Sterbebette wird sie sich wieder an alles erinnern, nebst den Zinsen, die sich in der ganzen Zeit angesammelt haben, und ... Aber gerade in dieser kalten, widerwärtigen halben Verzweiflung, in diesem halben Glauben, in diesem Verfahren, sich selbst mit Bewußtsein vor Leid auf vierzig Jahre in einer elenden Höhle lebendig zu begraben, in dieser mittels der gesteigerten Erkenntniskraft wahrgenommenen und dennoch zum Teil zweifelhaft bleibenden Rettungslosigkeit der Lage, in diesem ganzen Gifte unbefriedigter, in die Seele eingedrungener Wünsche, in diesem ganzen Fieber des Hin- und Herschwankens, der für alle Zeit gefaßten Entschlüsse und der einen Augenblick darauf sich wieder einstellenden Reue – darin liegt ja eben die Quelle dieses seltsamen Genusses, von dem ich sprach. Er ist von einer solchen Subtilität und manchmal dermaßen schwer zu erkennen, daß einigermaßen beschränkte Leute oder sogar einfach Leute mit starken Nerven von ihm nicht die Spur verstehen. »Vielleicht verstehen auch diejenigen nichts davon«, fügen Sie Ihrerseits schmunzelnd hinzu, »die niemals Ohrfeigen bekommen haben«, und Sie deuten mir auf diese Art in höflicher Form an, daß ich in meinem Leben vielleicht ebenfalls eine Ohrfeige aus Erfahrung kennengelernt habe und daher als Sachver-

ständiger spreche. Ich möchte darauf wetten, daß Sie das meinen. Aber beruhigen Sie sich, meine Herren, ich habe keine Ohrfeigen bekommen, wiewohl es mir völlig gleichgültig ist, wie Sie darüber denken. Vielleicht bedauere ich sogar selbst, daß ich in meinem Leben nur wenig Ohrfeigen ausgeteilt habe. Aber genug; kein Wort mehr von diesem Thema, das Sie so außerordentlich interessiert.
Ich fahre ruhig fort, von den Leuten mit starken Nerven zu sprechen, die für eine gewisse Feinheit des Genusses kein Verständnis haben. Diese Herren brüllen zwar in manchen Fällen wie die Stiere aus vollem Halse, und das trägt ihnen allerdings sogar die größte Ehre ein; aber, wie ich schon gesagt habe, angesichts der Unmöglichkeit beruhigen sie sich sofort. Denn die Unmöglichkeit, das ist eine steinerne Mauer! Was ist das für eine steinerne Mauer? Nun, selbstverständlich die Naturgesetze, die Resultate der Naturwissenschaften, die Mathematik. Wenn man dir zum Beispiel beweist, daß du vom Affen abstammst, dann hat es keinen Zweck, die Stirn zu runzeln; nimm die Sache hin, wie sie ist. Und wenn man dir beweist, daß ein einziges Gramm deines eigenen Fettes dir in Wahrheit teurer sein muß als hunderttausend dir ähnliche Wesen und daß dieses Resultat mit allen sogenannten Tugenden und Pflichten und anderen Albernheiten und vorgefaßten Meinungen endgültig aufräumt, so nimm auch das hin; da ist weiter nichts zu machen; denn zweimal zwei ist vier, lehrt die Mathematik. Versuche es einmal, diesen Satz zu widerlegen!
»Erlauben Sie!« ruft man uns zu; »dagegen kann man sich nicht auflehnen: Das ist so sicher wie zweimal zwei ist vier! Die Natur fragt Sie nicht; sie kümmert sich nicht darum, ob Ihnen ihre Gesetze gefallen oder nicht. Sie müssen die Natur so nehmen, wie sie ist, und folglich auch alles, was aus ihr resultiert. Eine Mauer ist eben eine Mauer...« und so weiter, und so weiter. Herr Gott, aber was scheren mich die Gesetze der Natur und der Mathematik, wenn mir diese Gesetze und der Satz: »Zweimal zwei ist vier« aus irgendwelchem Grunde mißfallen? Selbstverständlich werde ich gegen eine solche Mauer nicht mit der Stirn anrennen, wenn ich tat-

sächlich nicht die Kraft habe, sie einzurennen; aber ich werde mich mit ihr auch nicht einzig und allein deswegen versöhnen, weil sie von Stein ist und meine Kraft ihr gegenüber nicht ausreicht.

Als ob eine solche Steinmauer wirklich eine Beruhigung wäre und wirklich etwas auch nur einigermaßen Versöhnliches enthielte, einzig und allein deshalb, weil sie eine Art von »Zweimal zwei ist vier« ist. O Absurdität der Absurditäten! Etwas ganz anderes ist es, alles zu verstehen, alles zu erkennen, alle Unmöglichkeiten und steinernen Mauern; sich mit keiner dieser Unmöglichkeiten und steinernen Mauern auszusöhnen, wenn einem eine solche Aussöhnung widersteht; in betreff jenes ewigen Themas auf dem Wege der zwingendsten logischen Kombinationen zu der widerwärtigen Schlußfolgerung zu gelangen, daß man sogar an der steinernen Mauer gewissermaßen selbst schuld sei, obgleich es hinwiederum bis zur Evidenz klar ist, daß man überhaupt nicht daran schuld ist; und infolgedessen schweigend und mit ohnmächtigem Zähneknirschen wollüstig in Untätigkeit zu erstarren, indem man den Gedanken ausspinnt, daß man somit nicht einmal Grund habe, auf jemanden böse zu sein, und daß kein Objekt zu finden sei und vielleicht nie zu finden sein werde und daß hier Unterschiebung, betrügerisches Kartenmischen, Falschspielerei stattfinde und daß hier einfach ein ekelhafter Zustand vorliege – man weiß nicht, was es eigentlich ist und wer die Schuld trägt, aber trotz all dieser Unklarheiten und Betrügereien schmerzt es einen doch, und je unklarer es einem ist, um so mehr schmerzt es!

IV

»Ha-ha-ha! Wenn Sie so denken, dann werden Sie ja auch im Zahnschmerz einen Genuß finden!« rufen Sie mir lachend zu.

»Gewiß! Auch im Zahnschmerz liegt ein Genuß!« erwidre ich. Mir haben einen ganzen Monat lang die Zähne weh getan; ich weiß, daß darin ein Genuß liegt. Man ärgert sich dabei natürlich nicht schweigend, sondern stöhnt; aber dieses Stöhnen ist nicht aufrichtig; dieses Stöhnen ist mit einer gewissen Bosheit verbunden, und in dieser Bosheit liegt der Kern der Sache. In diesem Stöhnen kommt der Genuß des Leidenden zum Ausdruck; wenn er darin keinen Genuß fände, so würde er nicht stöhnen. Das ist ein gutes Beispiel, meine Herren, und ich werde es noch weiter benutzen. In diesem Stöhnen kommt erstens die ganze für Ihre Erkenntnis demütigende Zwecklosigkeit Ihres Schmerzes zum Ausdruck, die ganze Gesetzmäßigkeit der Natur, auf die Sie selbstverständlich spucken können, durch die Sie aber trotzdem leiden, während sie selbst nicht leidet. Es kommt darin die Erkenntnis zum Ausdruck, daß niemand vorhanden ist, der Ihr Feind wäre, der Schmerz aber vorhanden ist, die Erkenntnis, daß Sie samt allen möglichen Zahnärzten à la Wagenheim sich vollständig in der Sklaverei Ihrer Zähne befinden, daß, wenn jemand will, Ihre Zähne zu schmerzen aufhören und, wenn er es nicht will, noch weitere drei Monate lang schmerzen, und schließlich daß Ihnen, wenn Sie immer noch nicht klein beigeben und immer noch protestieren, zu Ihrer eigenen Tröstung nichts weiter übrigbleibt, als sich selbst durchzupeitschen oder recht schmerzhaft mit der Faust gegen Ihre Wand schlagen, absolut weiter nichts. Nun sehen Sie: Gerade diese blutigen Beleidigungen, gerade dieser einem angetane Hohn, bei dem man nicht weiß, wer der Höhnende ist, gerade das wird schließlich zur Quelle des Genusses, eines Genusses, der manchmal bis zur höchsten Wollust gehen kann. Ich bitte Sie, meine Herren, achten Sie einmal auf das Gestöhn eines gebildeten Menschen des neunzehnten Jahrhunderts, der an Zahnschmerzen leidet, so am zweiten oder dritten Tage der Krankheit, wenn er bereits nicht mehr so stöhnt wie ein plumper Bauer, sondern so wie ein Mensch, der von der Bildung und der europäischen Zivilisation ergriffen ist, wie ein Mensch, der, nach dem heutzutage üblichen Ausdruck, »sich von der Scholle und den Elementen der unteren Volksschicht losgelöst hat«. Sein Gestöhn bekommt dann eine Art von häßlichem, gemein-boshaftem Ton und dauert volle Tage und Nächte lang an. Und er weiß ja selbst, daß er sich mit diesem Gestöhn keinerlei Nutzen verschafft; er weiß besser als jeder andere, daß er damit nur sich selbst und andere reizt und aufbringt; er weiß, daß sogar das Publikum, vor dem er sich abmüht, und seine ganze Familie das Anhören schon zum Ekel bekommen haben, ihm absolut nicht mehr glauben und im stillen denken, er könne doch auch in anderer, einfacherer Weise stöhnen, ohne solche Rouladen und ohne diesen Hokuspokus, und stelle sich nur aus Bosheit und Tücke absichtlich so an. Nun also, gerade in dieser ganzen Erkenntnis und in diesem ganzen Schauspiele liegt der Genuß. Der Betreffende sagt sich: »Ich beunruhige euch, ich zerreiße euch das Herz, ich raube euch allen im Hause den Schlaf. Nun, dann schlaft eben nicht; fühlt ebenfalls in jedem Augenblick, daß mir die Zähne wehtun. Ich bin jetzt für euch nicht mehr der Held, der ich früher scheinen wollte, sondern einfach ein garstiger Mensch, ein geringes Subjekt. Na, in Gottes Namen! Freut mich sehr, daß ihr mich durchschaut habt. Es ist euch widerwärtig, mein unwürdiges Gestöhn mit anzuhören? Na schön, wenn es euch widerwärtig ist; ich werde euch sogleich eine noch häßlichere Roulade zu hören geben...« Verstehen Sie es auch jetzt noch nicht, meine Herren? Nein, offenbar ist doch ein ziemlich hoher Grad der geistigen Entwicklung und Bildung erforderlich, um die tiefsten Falten dieses Genusses zu verstehen. Sie lachen? Freut mich sehr! Meine Herren, meine Späße zeugen ja freilich von schlechtem Ton, sind ungeschickt und unklar und ermangeln des rechten Selbstvertrauens. Aber das kommt eben daher, daß ich keine Achtung vor mir selbst habe. Kann denn ein Mensch, der zur Erkenntnis gelangt ist, noch irgendwelche Selbstachtung besitzen?

V

Na, ist es denn möglich, ist es denn überhaupt möglich, daß derjenige irgendwelche Selbstachtung besitzt, der es sogar darauf anlegt, selbst in dem Gefühle seiner eigenen Erniedrigung einen Genuß zu finden? Ich rede so nicht etwa aus irgendwelchem abgeschmackten Gefühl von Reue. Es hat mir überhaupt immer widerstanden, zu sagen: »Verzeihen Sie mir, lieber Papa; ich werde es nicht wieder tun« – nicht weil ich unfähig gewesen wäre, das zu sagen, sondern im Gegenteil vielleicht gerade deswegen, weil ich dessen gar zu fähig war; und wie fähig! Ich habe mich manchmal sogar absichtlich durch Selbstbeschuldigung in eine unangenehme Lage gebracht, in Fällen, wo mich nicht im entferntesten eine Schuld traf. Das war das Allergarstigste. Und dazu geriet ich in eine so gerührte, reuige Stimmung hinein, vergoß Tränen und betrog natürlich mich selbst, obgleich ich mich ganz und gar nicht verstellte; es war eben mein Herz, das mir solche dummen Streiche spielte... Ich konnte dabei nicht einmal die Naturgesetze beschuldigen, wiewohl doch gerade sie mich mein ganzes Leben lang beständig und am allermeisten geschädigt haben. Es ist widerwärtig, sich an all dies zu erinnern, und es war auch damals widerwärtig. Manchmal erkannte ich ja schon nach wenigen Minuten, daß das alles Unwahrhaftigkeit war, widerwärtige Unwahrhaftigkeit und Lüge, ich meine alle diese Anfälle von Reue und von Rührung, all diese Gelöbnisse einer geistigen Wiedergeburt. Nun fragen Sie vielleicht, warum ich mich so wand und krümmte und mich quälte. Darauf antworte ich: Weil es mir gar zu langweilig war, so mit den Händen im Schoße dazusitzen; so ließ ich mich denn auf solchen Hokuspokus ein. Es verhält sich wirklich so. Achten Sie einmal besser auf sich selbst, meine Herren, dann werden Sie einsehen, daß es sich so verhält. Ich habe mir sogar Abenteuer ausgedacht und mir selbst ein Leben ersonnen, um wenigstens auf diese Weise etwas zu erleben. Wie oft ist es mir begegnet, daß ich – nun, sagen wir zum Beispiel, mich beleidigt gefühlt habe, aus heiler Haut, ohne jeden Grund, absichtlich; und man pflegt dabei selbst zu wissen, daß man sich ohne Grund gekränkt fühlt und sich nur aufhetzt; man bringt sich aber doch dahin, daß man sich zuletzt wirklich und wahrhaftig beleidigt fühlt. Ich habe mein ganzes Leben lang einen eigentümlichen Drang verspürt, solche Kunststücke zu machen, so daß ich mich schließlich selbst nicht mehr in der Gewalt hatte. Einmal wollte ich mich mit aller Gewalt verlieben, sogar zweimal. Ich litt dabei, meine Herren; das kann ich Ihnen versichern. In tiefster Seele glaubt man nicht, daß man leidet; der Spott regt sich; aber dennoch leide ich, und sogar in echter, wirklicher Weise; ich werde eifersüchtig, ich gerate außer mir... Und das alles aus Langerweile, meine Herren, alles aus Langerweile; die Untätigkeit hat mich erdrückt. Denn die direkte, regelmäßige, unmittelbare Frucht der Erkenntnis ist die Untätigkeit, das heißt das bewußte Dasitzen mit den Händen im Schoße. Ich habe davon bereits oben gesprochen. Ich wiederhole es mit allem Nachdruck: Alle Männer des unmittelbaren praktischen Handelns sind eben deshalb tätig, weil sie stumpfsinnig und beschränkt sind. Wie ist das zu erklären? Nun, folgendermaßen: Infolge ihrer Beschränktheit nehmen sie die nächstliegenden Ursachen, die Ursachen zweiten Grades, für uranfängliche und gelangen auf diese Weise schneller und leichter als andere Menschen zu der Überzeugung, daß sie eine unwandelbare Grundlage für ihr Handeln gefunden haben; na, und da beruhigen sie sich denn; und das ist ja die Hauptsache. Denn wenn man anfangen soll zu handeln, so muß man vorher vollständig beruhigt sein, und es dürfen keine Zweifel mehr bei einem zurückbleiben. Na, aber wie könnte zum Beispiel ich mich beruhigen? Wo habe ich uranfängliche Ursachen, auf die ich mich stützen könnte; wo habe ich die erforderlichen Grundlagen? Woher soll ich die nehmen? Ich übe mich im Denken, und folglich zieht bei mir jede uranfängliche Ursache sofort eine andere noch tiefer liegende Ursache hinter sich her, und so weiter bis ins Unendliche. Darin besteht eben das Wesen aller Erkenntnis und allen Denkens. Da hätten wir also schon wieder die Naturgesetze. Nun, und was ist schließlich das Resultat? Das Resultat ist eben jenes selbe. Erinnern Sie sich einmal: Ich habe vorhin von der Rache gesprochen. (Sie haben das gewiß nicht verstanden.) Ich habe gesagt: Der Mensch rächt sich, weil er die Rache für einen Akt der Gerechtigkeit ansieht. Also hat er eine uranfängliche Ursache gefunden, nämlich die Gerechtigkeit. Folglich ist er nach jeder Richtung hin beruhigt; mithin rächt er sich ruhig und erfolgreich, da er davon überzeugt ist, daß er eine ehrenhafte, gerechte Handlung vollführt. Ich dagegen sehe darin keine Gerechtigkeit, und eine Tugend finde ich darin ebenfalls nicht; folglich, wenn ich anfange mich zu rächen, so tue ich es höchstens aus Bosheit. Die Bosheit könnte ja nun zwar alles überwinden, alle meine Zweifel und Bedenken, und könnte folglich mit völligem Erfolge statt einer uranfänglichen Ursache dienen, eben weil sie keine Ursache ist. Aber was soll ich machen, wenn ich nicht einmal Bosheit besitze (davon habe ich ja vorhin zu reden begonnen). Die Bosheit unterliegt bei mir, wieder infolge dieser verdammten Gesetze der Erkenntnis, einem chemischen Zersetzungsprozesse. Man sieht: Der Gegenstand verflüchtigt sich, die Gründe verdampfen, ein Schuldiger ist nicht zu finden, die Beleidigung stellt sich nicht als Beleidigung, sondern als Fatum heraus, als etwas im Genre der Zahnschmerzen, an denen niemand die Schuld trägt, und folglich bleibt wieder nur eben jener selbe Ausweg übrig, das heißt möglichst schmerzhaft die Wand zu prügeln. Na, da verzichtet man denn entsagungsvoll, weil man die uranfängliche Ursache nicht gefunden hat. Aber versuche es einmal, laß dich durch dein Gefühl blindlings ohne Überlegung und ohne uranfängliche Ursache hinreißen, jage die Erkenntnis wenigstens für diese Zeit davon, hasse oder liebe, um nur nicht mit den Händen im Schoße dazusitzen: Übermorgen (und das ist schon der späteste Termin) wirst du anfangen, dich selbst dafür zu verachten, daß du dich selbst wissentlich hinters Licht geführt hast. Das Resultat ist: eine Seifenblase und Untätigkeit. O meine Herren, vielleicht halte ich mich nur deswegen für einen klugen Menschen, weil ich mein ganzes Leben lang weder vermocht habe, etwas zu beginnen noch etwas zu beenden. Nun gut, mag ich ein Schwätzer sein, ein unschädlicher, lästiger Schwätzer wie wir alle. Aber was ist zu tun, wenn der einzig wahre Beruf jedes verständigen Menschen ist zu schwatzen, das heißt mit bewußter Absicht leeres Stroh zu dreschen?

VI

O wenn ich doch lediglich aus Faulheit nichts täte! O Gott, welche Hochachtung würde ich dann vor mir empfinden! Ich würde mich gerade deswegen hochachten, weil ich dann imstande wäre, wenigstens Faulheit mein eigen zu nennen, weil ich dann wenigstens eine positive Eigenschaft besäße, von der ich selbst überzeugt wäre. Auf die Frage: »Was ist das für ein Mensch?« würde dann die Antwort lauten: »Ein Faulpelz«, und es würde mir höchst angenehm sein, das über mich zu hören. Nämlich, dann wäre ich doch positiv definiert; dann gäbe es doch etwas, was über mich gesagt werden kann. »Ein Faulpelz!« das ist ja ein Beruf und eine Bestimmung, das ist ja eine Karriere. Lachen Sie nicht; es ist wirklich so. Ich wäre dann rechtmäßiges Mitglied des vornehmsten Klubs und würde mich nur damit beschäftigen, mich unaufhörlich selbst hochzuachten. Ich habe einen Herrn gekannt, der sein ganzes Leben lang darauf stolz war, daß er sich auf Lafitte verstand. Er hielt dies für einen positiven Vorzug, der ihm eigen sei, und zweifelte nie an seinen Verdiensten. Er starb nicht nur mit ruhigem Gewissen, sondern sogar mit einem triumphierenden Bewußtsein seiner Vortrefflichkeit und hatte damit vollkommen recht. Ich aber würde mir dann eine bestimmte Laufbahn wählen: Ich würde Faulpelz und Vielfraß sein, aber nicht so ein gewöhnlicher, sondern zum Beispiel einer, der eine Empfindung für alles Schöne und Erhabene hat. Wie gefällt Ihnen das? Mir hat das schon lange als Ideal vorgeschwebt. Dieses »Schöne und Erhabene« hat mir in meinen vierzig Jahren schwer auf dem Nacken gelastet; das lag jedoch an meinem Wesen in diesen vierzig Jahren; aber dann – o dann stände die Sache anders! Ich hätte sogleich eine meiner Eigenart entsprechende Täigkeit gefunden, nämlich auf das Wohl alles Schönen und Erhabenen zu trinken. Ich würde jede Gelegenheit benutzen, um zuerst in meinen Becher eine Träne hineinfallen zu lassen und ihn dann auf alles Schöne und Erhabene auszutrinken. Ich würde dann alles in der Welt in Schönes und Erhabenes verwandeln; in dem garstigsten, zweifellosesten Quark würde ich das Schöne und Erhabene finden. Ich würde es mir angewöhnen, so viel zu weinen, als ob ich ein nasser Schwamm wäre. Da hat zum Beispiel der Maler Gay ein Bild gemalt. Sofort trinke ich auf seine Gesundheit, weil ich alles Schöne und Erhabene liebe. Ein Schriftsteller hat einen Aufsatz verfaßt mit dem Titel: »Wie es einem gefällig ist«; sofort trinke ich auf diese Schrift, weil ich alles Schöne und Erhabene liebe. Für diese meine Tätigkeit beanspruche ich, daß man mich hochachte, und werde denjenigen als meinen Feind betrachten, der mir keine Hochachtung zollt. Ich werde ein ruhiges Leben führen und mit einem Gefühle des Triumphes sterben – und das ist doch entzückend, geradezu entzückend! Und einen solchen Bauch würde ich mir dann stehen lassen und ein solches dreifaches Kinn anlegen und meiner Nase zu einer so schönen roten Farbe verhelfen, daß jeder Begegnende bei meinem Anblick sagen würde: »Das ist mal ein Hauptkerl! Das ist etwas Echtes, etwas Positives!« Und da mögen Sie sagen, was Sie wollen, meine Herren, aber solche Urteile zu hören ist ein wahrer Genuß in unserem negativen Jahrhundert.

VII

Aber das alles sind nur goldene Träume. O sagen Sie mir doch, wer war der erste, der die Behauptung aufstellte und die Lehre verkündete, der Mensch begehe nur deswegen Schlechtigkeiten, weil er seine wahren Interessen nicht kenne; wenn man ihn darüber aufkläre, ihm die Augen über seine wahren, normalen Interessen öffne, dann werde der Mensch sogleich aufhören, Schlechtigkeiten zu begehen, und sogleich gut und edel werden; denn wenn er über seinen wahren Vorteil aufgeklärt sei und diesen verstehe, so werde er im Guten seinen eigenen Vorteil erkennen; nun könne aber bekanntlich kein Mensch wissentlich gegen seinen eigenen Vorteil handeln; folglich werde er mit Notwendigkeit anfangen, das Gute zu tun. O du Säugling! O du reines, unschuldiges Kind! Aber erstens, wann ist es denn in allen diesen Jahrtausenden vorgekommen, daß ein Mensch nur um seines eigenen Vorteils willen gehandelt hätte? Was soll man denn mit den Millionen von Tatsachen anfangen, die da deutlich bezeugen, daß die Menschen wissentlich, das heißt in voller Erkenntnis ihrer wahren Vorteile, dennoch diese Vorteile hintangesetzt und mit stürmischem Eifer auf gut Glück und aufs Geratewohl einen andern Weg eingeschlagen haben, ohne von jemandem oder durch etwas dazu gezwungen zu sein, anscheinend nur aus Abneigung gegen den ihnen gewiesenen Weg, und daß sie eigenwillig und hartnäckig einen anderen, schwierigen, unsinnigen Weg verfolgt haben, den sie beinah im Dunkeln suchten? Offenbar waren ihnen dieser Eigenwille und diese Hartnäckigkeit angenehmer als alle Vorteile... Vorteil! Worin besteht der Vorteil? Wollen Sie sich anheischig machen, ganz genau zu definieren, worin eigentlich der Vorteil des Menschen besteht? Wie aber, wenn es manchmal vorkommt, daß der Vorteil des Menschen nicht nur darin bestehen kann, sondern sogar darin bestehen muß, daß der Betreffende sich das Schlechte wünscht und nicht das Vorteilhafte? Wenn dem aber so ist, wenn dieser Fall überhaupt möglich ist, so fällt die ganze Regel zusammen. Wie denken Sie darüber: Kommt ein solcher Fall vor? Sie lachen; lachen Sie immerhin, meine Herren; aber antworten Sie nur auf eine Frage: Hat denn jemand die Vorteile des Menschen in völlig zuverlässiger Weise zusammengestellt? Gibt es nicht solche, die nicht nur in keiner Kategorie untergebracht sind, sondern auch in keiner untergebracht werden können? Soviel ich weiß, meine Herren, haben Sie ja Ihr ganzes Register der menschlichen Vorteile als Durchschnitt aus den statistischen Ziffern und den nationalökonomischen Formeln entnommen. Ihre Vorteile sind ja doch: Wohlleben, Reichtum, Freiheit, Ruhe, na und so weiter und so weiter, so daß ein Mensch, der zum Beispiel mit klarer Einsicht gegen dieses ganze Register handeln würde, nach Ihrer (na, und allerdings auch nach meiner) Ansicht ein Obskurant oder ein vollständiger Verrückter wäre, nicht wahr? Aber da ist nun eines erstaunlich: Woher kommt es, daß alle diese Statistiker, Weisen und

Freunde des Menschengeschlechtes bei der Aufzählung der menschlichen Vorteile beständig einen gewissen Vorteil auslassen? Sie stellen ihn nicht in der Art in Rechnung, wie sich das gehören würde, und doch hängt davon die ganze Rechnung ab. Der Schade wäre ja nun nicht groß; man brauchte ihn nur zu nehmen, diesen Vorteil, und ihn in die Liste einzufügen. Aber das Malheur besteht eben darin, daß dieser wunderliche Vorteil unter keine Kategorie fällt und in keinem Verzeichnisse Platz findet. Ich habe zum Beispiel einen Freund... Ach, meine Herren, er ist ja auch Ihr Freund, und wessen Freund wäre er denn nicht? Wenn dieser Herr sich zum Handeln anschickt, so wird er Ihnen sofort mit großer Redseligkeit und Klarheit auseinandersetzen, wie er nach den Gesetzen der Vernunft und Wahrheit handeln muß. Ja noch mehr: Er wird Ihnen in aufgeregter, leidenschaftlicher Weise von den wahren, normalen Interessen der Menschen reden; in spöttischen Ausdrücken wird er die kurzsichtigen Dummköpfe tadeln, die weder ihre Vorteile noch die wahre Bedeutung der Tugend verstehen, und – genau eine Viertelstunde darauf wird er ohne jeden plötzlichen äußeren Anlaß, sondern aus einem inneren Triebe, der stärker ist als alle seine Interessen, eine ganz andere Melodie anstimmen, das heißt, er wird gegen das handeln, was er selbst gesagt hat: sowohl gegen die Gesetze der Vernunft als auch gegen seinen eigenen Vorteil, na kurz, gegen alles... Ich mache darauf aufmerksam, daß mein Freund eine Kollektivperson ist und es deshalb mißlich ist, ihn allein zu beschuldigen. Das ist es eben, meine Herren: Gibt es nicht tatsächlich etwas, was fast jedem Menschen teurer ist als seine besten Vorteile, oder (um nicht gegen die Logik zu verstoßen) gibt es einen vorteilhafteren Vorteil (eben jenen weggelassenen, von dem ich soeben gesprochen habe), der wichtiger und vorteilhafter ist als alle anderen Vorteile, und um deswillen der Mensch nötigenfalls bereits ist, gegen alle Gesetze zu handeln, das heißt gegen Vernunft, Ehre, Ruhe, Wohlleben, kurz, gegen alle diese schönen, nützlichen Dinge, wenn er nur diesen uranfänglichen, vorteilhaftesten Vorteil erlangt, der ihm teurer ist als alles?

»Na, aber doch strebt auch er nach einem Vorteil!« unterbrechen Sie mich. Erlauben Sie, wir wollen uns darüber noch näher miteinander aussprechen, und es handelt sich dabei nicht um ein mehrdeutiges Wort, sondern darum, daß dieser Vorteil gerade dadurch bemerkenswert ist, daß er alle Ihre Klassifikationen über den Haufen stößt und alle Systeme, die von den Freunden des Menschengeschlechtes zur Beglückung des Menschengeschlechtes aufgestellt sind, beständig in Stücke schlägt. Kurz, er stört alles. Aber bevor ich Ihnen diesen Vorteil nenne, will ich mich persönlich kompromittieren und erkläre darum dreist, daß alle diese schönen Systeme, alle diese Theorien, die die Menschheit über ihre wahren, normalen Interessen aufklären wollen, damit sie dann nicht umhin könne, nach der Erreichung dieser Interessen zu streben, und sofort gut und edel werde – daß das alles meiner Ansicht nach vorläufig nur falsche Logik ist! Ja, falsche Logik. Denn diese Theorie von der Erneuerung des ganzen Menschengeschlechtes mittels eines Systemes seiner eigenen Vorteile zu verfechten, das ist meines Erachtens fast dasselbe, wie wenn man der Behauptung Buckles beipflichtet, daß der Mensch durch die Zivilisation milder, also weniger blutdürstig und zum Kriege weniger geneigt und fähig werde. Dieses Resultat ergibt sich, glaube ich, bei ihm auf logischem Wege. Aber der Mensch besitzt eine solche Leidenschaft für Systematik und abstrakte Folgerungen, daß er es fertigbringt, wissentlich die Wahrheit zu verdrehen und mit sehenden Augen nicht zu sehen und mit hörenden Ohren nicht zu hören, um nur ja seiner Logik recht geben zu können. Ich wähle dieses Beispiel deswegen, weil es besonders klar und einleuchtend ist. Sehen Sie doch nur um sich: Das Blut fließt in Strömen, und noch dazu in einer so lustigen Weise wie Champagner. Werfen Sie einen Blick auf unser neunzehntes Jahrhundert, in welchem auch Buckle gelebt hat. Da haben Sie Napoleon, sowohl den Großen als den jetzigen. Da haben Sie Nordamerika, die ewige Union. Da haben Sie endlich noch Schleswig-Holstein, diese Karikatur... Und welchen mildernden Einfluß übt denn die Zivilisation auf unser Wesen aus? Die Zivilisation verhilft dem

Menschen nur zu einer Vielseitigkeit der Empfindungen – weiter hat sie absolut keine Wirkung. Und infolge der Entwicklung dieser Vielseitigkeit wird der Mensch womöglich noch dahin gelangen, im Blutvergießen einen Genuß zu finden. Das hat sich ja auch bereits mit ihm begeben. Haben Sie wohl bemerkt, daß gerade die raffiniertesten Blutvergießer fast ausnahmslos die zivilisiertesten Herren waren, mit denen Männer wie Attila und Stenka Rasin manchmal gar nicht zu vergleichen waren, und wenn sie einem nicht so stark in die Augen springen wie Attila und Stenka Rasin, so kommt das eben daher, daß sie gar zu häufig vorkommen und gar zu gewöhnliche Erscheinungen geworden sind. Wenigstens ist infolge der Zivilisation der Blutdurst des Menschen wenn nicht größer, so doch sicherlich häßlicher und schändlicher geworden, als er früher war. Früher sah der Mensch im Blutvergießen eine Handlung der Gerechtigkeit und mordete den zu Ermordenden mit ruhigem Gewissen; jetzt aber halten wir zwar das Blutvergießen für etwas Schändliches, geben uns aber doch mit dieser Schändlichkeit ab, und in noch größerem Umfange als früher. Was ist nun schlechter? Urteilen Sie selbst! Man sagt, Kleopatra (entschuldigen Sie, daß ich ein Beispiel aus der römischen Geschichte entnehme!) habe es geliebt, ihren Sklavinnen goldene Nadeln in die Brüste hineinzubohren, und habe in deren Geschrei und Qualen einen Genuß gefunden. Sie werden sagen, das sei in (relativ gesprochen) barbarischen Zeiten geschehen; auch jetzt seien noch barbarische Zeiten, da (wiederum relativ gesprochen) auch jetzt noch Nadeln hineingebohrt würden; der Mensch habe jetzt zwar gelernt, manchmal klarer zu sehen als in den barbarischen Zeiten, habe sich aber noch lange nicht gewöhnt, so zu handeln, wie es ihm die Vernunft und die Wissenschaft vorschrieben. Aber doch sind Sie vollkommen überzeugt, daß er sich mit Sicherheit daran gewöhnen wird, sobald nur erst einige alte schlechte Gewohnheiten vorübergegangen sein werden und die gesunde Vernunft und die Wissenschaft die menschliche Natur vollständig umgebildet und ihr die normale Richtung gegeben haben werden. Sie sind davon überzeugt, daß der

Mensch dann ganz von selbst aufhören wird, freiwillig Fehler zu begehen, und daß er sozusagen unwillkürlich seinen Willen mit seinen normalen Interessen in Einklang bringen wird. Ja noch mehr: Dann, sagen Sie, wird die Wissenschaft selbst den Menschen darüber belehren (wiewohl das nach meiner Ansicht sogar ein Luxus ist), daß er tatsächlich weder einen Willen noch eine Laune besitzt und auch niemals besessen hat, sondern daß er selbst nichts weiter ist als eine Art von Klaviertaste oder von Stift in einem Leierkasten, und daß es außerdem auf der Welt noch die Naturgesetze gibt, so daß alles, was er nur tun mag, überhaupt nicht nach seinem Willen, sondern von selbst, nach den Naturgesetzen geschieht. Folglich braucht man diese Naturgesetze nur zu entdecken, und der Mensch wird für seine Handlungen nicht mehr verantwortlich sein und ein überaus leichtes Leben haben. Alle menschlichen Handlungen werden dann selbstverständlich nach diesen Gesetzen mathematisch in Form einer Logarithmentafel bis 108000 ausgerechnet und in einen Kalender eingetragen werden; oder, noch besser, es werden einige wohlgemeinte Bücher, nach Art der jetzigen Konversationslexika erscheinen, in denen alles so genau ausgerechnet und angegeben sein wird, daß es auf der Welt künftig weder unerwartete Taten noch unerwartete Begebenheiten mehr geben wird.

Dann (all das sagen Sie) werden neue wirtschaftliche Verhältnisse eintreten, die schon vollständig vorbereitet und ebenfalls mit mathematischer Genauigkeit ausgerechnet sein werden, so daß mit einem Schlage alle Fragen verschwinden werden, eben deswegen weil sie sämtlich ihre erledigende Beantwortung erhalten. Dann wird ein kristallenes Schloß erbaut werden. Dann... na, mit einem Worte, dann wird ein märchenhaftes Leben beginnen. Allerdings kann man nicht garantieren (das sage jetzt wieder ich), daß es dann nicht zum Beispiel furchtbar langweilig sein wird (denn was soll man überhaupt noch tun, wenn alles schon in der Tabelle ausgerechnet ist?); aber dafür wird alles außerordentlich vernünftig zugehen. Freilich, auf was für Einfälle gerät man nicht aus Langerweile! Auch die goldenen Nadeln werden ja aus Langerweile hineingebohrt; aber das alles wäre noch nichts. Das Ärgerliche ist dies (das sage wiederum ich), daß die Menschen dann am Ende womöglich an den goldenen Nadeln noch ihre Freude haben werden. Denn der Mensch ist ja dumm, phänomenal dumm. Das heißt, dumm ist er zwar eigentlich überhaupt nicht, aber dafür ist er dermaßen undankbar, daß man trotz allen Suchens etwas Undankbareres nicht finden kann. So werde ich mich zum Beispiel nicht im geringsten wundern, wenn auf einmal mir nichts dir nichts mitten in der allgemeinen zukünftigen Vernünftigkeit ein Gentleman mit unvornehmer Physiognomie oder, besser gesagt, mit der Physiognomie eines Reaktionärs und Spötters aufträte, die Hände in die Seiten stemmte und zu uns allen sagte: »Wie ist's, meine Herren? Wollen wir nicht dieser ganzen Vernünftigkeit ohne weiteres einen Tritt geben, bloß damit alle diese Logarithmen zum Teufel gehen und wir wieder nach unserm dummen Willen leben können?« Und das wäre noch nicht weiter schlimm; aber das Bedauerliche ist, daß er mit Sicherheit Nachfolger finden würde: Das liegt eben in der Natur des Menschen. Und all das aus einem ganz nichtigen Grunde, der, wie es scheint, nicht einmal der Erwähnung wert ist: nämlich deswegen, weil der Mensch immer und überall, wer es auch gewesen ist, es geliebt hat, so zu handeln, wie er wollte, und durchaus nicht so, wie es ihm die Vernunft und der Vorteil befahlen; wollen aber kann man auch gegen den eigenen Vorteil, und manchmal muß man es sogar entschieden (das ist nun eben meine Anschauung). Das eigene freie Wollen, die eigene, ob auch noch so wunderliche Laune, die eigenen phantastischen Einfälle, mögen sie auch manchmal geradezu an Wahnwitz streifen, das, das alles ist eben jener weggelassene vorteilhafteste Vorteil, der sich in keine Kategorie einfügen läßt und durch den alle Systeme und Theorien beständig zum Teufel gehen. Und woher haben alle diese Weisen ihre Ansicht genommen, daß der Mensch ein normales, tugendhaftes Wollen brauche? Warum haben sie sich gerade die Vorstellung zurechtgemacht, daß der Mensch unbedingt ein vernünftiges, vorteilhaftes Wollen brauche? Was der

Mensch braucht, ist einzig und allein ein selbständiges Wollen, was auch immer diese Selbständigkeit kosten und wohin auch immer sie führen mag. Na, und das Wollen, weiß der Teufel...

VIII

»Ha-ha-ha! Aber ein Wollen gibt es ja, wenn Sie erlauben wollen, überhaupt nicht!« unterbrechen Sie mich lachend. »Die Wissenschaft hat den Menschen bereits so weit seziert, daß wir auch jetzt schon wissen, daß das Wollen und der sogenannte freie Wille nichts anderes sind als...«

Warten Sie, meine Herren, davon wollte ich ja selbst zu reden anfangen. Ich muß gestehen, ich habe einen ordentlichen Schreck bekommen. Ich wollte gerade ausrufen, daß das Wollen weiß der Teufel wovon abhänge und daß wir dafür am Ende Gott dankbar sein müßten; aber da fiel mir die Wissenschaft ein, und... ich verstummte. Und in diesem Augenblick fingen Sie an zu reden. In der Tat, wenn wirklich einmal die Formel für all unser Wollen und für alle unsere Launen gefunden sein wird, das heißt, wovon sie abhängen, nach welchen Gesetzen sie entstehen, wie sie sich ausbreiten, wohin in diesem oder jenem Falle ihr Streben geht, und so weiter, das heißt die richtige mathematische Formel – dann wird ja der Mensch vielleicht sofort aufhören zu wollen, ja, er wird wohl bestimmt aufhören. Na, was ist das für ein Vergnügen, nach der Tabelle zu wollen? Und damit nicht genug: Er verwandelt sich sogleich aus einem Menschen in den Stift eines Leierkastens oder etwas Ähnliches; denn was ist ein Mensch ohne Wünsche und ohne Wollen anderes als ein Stift auf der Walze eines Leierkastens? Wie denken Sie darüber? Lassen Sie uns die Wahrscheinlichkeiten berechnen, ob das geschehen kann oder nicht!

»Hm!...« erwidern Sie; »die Fehlerhaftigkeit unserer Wünsche kommt größtenteils von einem fehlerhaften Urteil über unsere Vorteile her. Wir wollen manchmal eben deswegen reinen Unsinn, weil wir nach unserer Dummheit in diesem Unsinn den leichtesten Weg zur Erlangung eines vermeintlichen Vorteils sehen. Na, aber wenn nun das alles klar auseinandergesetzt und auf dem Papier ausgerechnet sein wird (was sehr möglich ist, da es doch schmählich und sinnlos sein würde, im voraus zu glauben, daß der Mensch gewisse Naturgesetze niemals erkennen werde), dann wird es selbstverständlich keine sogenannten Wünsche mehr geben. Denn wenn erst einmal das Wollen mit der Vernunft vollständig im Einklang sein wird, dann werden wir nur vernunftgemäß denken, aber nicht wollen, eben deswegen weil es unmöglich ist, beispielsweise gleichzeitig vernünftig zu sein und Sinnloses zu wollen und auf diese Weise wissentlich gegen die Vernunft zu handeln und sich selbst Schaden zu wünschen... Aber da alle Wünsche und vernunftmäßigen Überlegungen tatsächlich werden berechnet werden können (denn irgendeinmal werden doch die Gesetze unseres sogenannten freien Willens entdeckt werden), so wird sich wirklich, ohne Scherz gesagt, so etwas wie eine Tabelle herstellen lassen, so daß wir tatsächlich nach dieser Tabelle wollen werden. Denn wenn man mir zum Beispiel vorrechnet und beweist, daß, wenn ich jemandem mit den Fingern eine gewisse höhnische Gebärde gemacht habe, ich dies eben deswegen getan habe, weil ich nicht umhin konnte es zu tun, und daß ich es unbedingt mit dieser Fingerhaltung habe tun müssen: Was bleibt da bei mir an freiem Willen übrig, besonders wenn ich ein Gelehrter bin und irgendwo einen wissenschaftlichen Kursus absolviert habe? Ich kann ja dann mein ganzes Leben auf dreißig Jahre hinaus vorherberechnen; kurz, wenn die Dinge sich so gestalten, so werden wir nichts dagegen machen können; wir müssen uns dann eben darein finden. Und überhaupt müssen wir es uns unermüdlich wiederholen, daß in dem und dem Augenblicke und unter den und den Umständen die Natur uns nicht um Erlaubnis fragt, und daß wir sie so hinnehmen müssen, wie sie ist, und nicht so, wie wir sie uns in unserer Phantasie vorstellen; und wenn wir uns tatsächlich auf dem Wege zur Tabelle und zum Kalender, na, und am Ende sogar zur Retorte befinden, so ist da weiter nichts zu machen, dann müssen wir auch die Retorte hinnehmen. Sonst wird sie sich von selbst, ohne unsere Zustimmung, durchsetzen...«

Ja, aber sehen Sie, gerade hier liegt für mich die Schwierigkeit! Meine Herren, verzeihen Sie mir, daß ich ins Grübeln und Klügeln hineingekommen bin; das machen die vierzig Jahre, die ich in der Einsamkeit verlebt habe! Erlauben Sie, daß ich mich ein bißchen meiner Phantasie überlasse. Sehen Sie mal: Die Vernunft, meine Herren, ist ein gut Ding, das ist nicht zu bestreiten; aber die Vernunft ist nur Vernunft und befriedigt nur die vernunftmäßige Fähigkeit des Menschen; das Wollen aber ist eine Bekundung des gesamten Lebens, das heißt des gesamten menschlichen Lebens mitsamt der Vernunft und allem sonstigen Zubehör. Und obgleich unser Leben bei dieser Bekundung sich oft als ein rechter Quark erweist, so ist es doch Leben und nicht nur das bloße Ausziehen einer Quadratwurzel. Ich will ja zum Beispiel ganz selbstverständlich leben, um meiner ganzen Lebensfähigkeit Genüge zu tun und nicht bloß meiner Fähigkeit, vernunftgemäß zu denken, das heißt etwa dem zwanzigsten Teile meiner ganzen Lebensfähigkeit. Was weiß denn die Vernunft? Die Vernunft weiß nur das, was sie erfahren hat (manches wird sie vielleicht überhaupt nie erfahren; das ist zwar kein Trost, aber warum soll man es nicht aussprechen?); aber die menschliche Natur handelt als ein vollständiges Ganzes, mit allem, was zu ihr gehört, bewußt und unbewußt, und wenn sie auch Unsinn macht, so lebt sie doch. Ich vermute, meine Herren, daß Sie mich mitleidig ansehen; Sie wiederholen mir, daß ein gebildeter, aufgeklärter Mensch, kurz, ein solcher, wie es der Mensch der Zukunft sein werde, nicht imstande sei, wissentlich etwas für ihn selbst Unvorteilhaftes zu wünschen; das sei mathematisch sicher. Ganz einverstanden; das ist wirklich mathematisch sicher. Aber ich wiederhole Ihnen zum hundertsten Male: Es gibt nur einen Fall, nur einen einzigen, wo der Mensch absichtlich und wissentlich sich sogar etwas Schädliches, Dummes, ja etwas riesig Dummes wünschen kann, nämlich um *das Recht zu haben*, sich sogar etwas riesig Dummes zu wünschen und nicht durch die Pflicht dazu gezwungen zu sein, sich nur Kluges zu wünschen. Dieses riesig Dumme, diese eigene Laune, meine Herren, kann ja doch tatsächlich für unsereinen das Vorteilhafteste von allem, was es auf der Welt gibt, sein, besonders in manchen Fällen. Und speziell kann es vorteilhafter als alle Vorteile sogar in einem Falle sein, wo es uns offenbaren Schaden bringt und unseren gesündesten Vernunftschlüssen über Vorteile widerstreitet; denn es erhält uns in jedem Falle das Wichtigste und Wertvollste, nämlich unsere Persönlichkeit und unsere Individualität; wenigstens behaupten manche, daß dies tatsächlich für den Menschen das Wertvollste sei. Das Wollen kann sich allerdings, wenn es will, auch mit der Vernunft vereinigen, namentlich wenn man diese nicht mißbraucht, sondern maßvoll verwendet; das ist sowohl nützlich als auch sogar manchmal löblich. Aber sehr oft und sogar größtenteils befindet sich das Wollen mit der Vernunft in völliger, hartnäckiger Mißhelligkeit, und... und... und wissen Sie wohl, daß auch dies nützlich und sogar manchmal sehr löblich ist? Meine Herren, nehmen wir an, daß der Mensch nicht dumm ist. (Das kann man ja auch wirklich schlechterdings nicht von ihm sagen, schon allein aus folgendem Grunde: Wenn er dumm wäre, wer würde dann klug sein?) Aber wenn er nicht dumm ist, so ist er doch in erstaunlichem Grade undankbar! Undankbar in ganz phänomenaler Weise! Ich glaube sogar, daß die beste Definition des Menschen diese ist: ein zweibeiniges, undankbares Wesen. Aber das ist noch nicht alles; das ist noch nicht sein Hauptfehler; sein Hauptfehler ist diese beständige Immoralität, die von der Sintflut bis zur Schleswig-Holsteinischen Periode der Menschengeschichte ohne Unterbrechung gedauert hat. Die Immoralität und infolgedessen auch die Unvernunft; denn es ist längst bekannt, daß die Unvernunft aus nichts anderem hervorgeht als aus der Immoralität. Versuchen Sie es doch einmal und werfen Sie einen Blick auf die Geschichte des Menschengeschlechtes: Nun, was sehen Sie da? Großartigkeit? Meinetwegen auch Großartigkeit; schon allein zum Beispiel der Koloß von Rhodos, was ist der nicht wert? Es hat etwas Bedeutsames, wenn Herr Anajewski von ihm bezeugt, daß die einen gesagt hätten, er sei ein Gebilde von Menschenhand, andere aber der Ansicht gewesen wären, er sei von der Natur selbst geschaffen. Oder Buntscheckigkeit? Meinetwegen auch Buntscheckigkeit: Wenn man auch nur in allen Jahrhunderten und bei allen Völkern die Paradeuniformen der Militärs und Beamten durchmustern wollte, was wäre das allein schon für eine Arbeit; und wenn man nun noch die Interimsuniformen hinzunähme, so ergäbe sich eine Aufgabe, der kein Historiker gewachsen wäre. Oder Einförmigkeit? Na, meinetwegen auch Einförmigkeit: Die Menschen prügeln sich und prügeln sich; sie prügeln sich jetzt und haben sich früher geprügelt und werden sich in Zukunft prügeln – Sie müssen zugeben, daß das sogar im höchsten Grade einförmig ist. Kurz, man kann über die Weltgeschichte alles mögliche sagen, alles, was nur der wüstesten Phantasie in den Kopf kommen kann. Nur eines kann man nicht sagen: daß sie vernünftig wäre. Wenn Sie das zu sagen versuchten, würde Ihnen gleich die erste Silbe in der Luftröhre steckenbleiben, so daß Sie husten müßten. Und nun sehen Sie einmal, was für einen wunderlichen Vorgang man alle Augenblicke erlebt: Fortwährend treten ja im Leben solche sittlich guten und vernünftigen Leute, solche Weisen und Freunde des Menschengeschlechtes auf, die es sich ausdrücklich zur Aufgabe machen, sich ihr ganzes Leben hindurch möglichst sittlich gut und vernünftig zu benehmen, sozusagen ihren Nächsten ein leuchtendes Vorbild zu sein, expreß um ihnen zu beweisen, daß man tatsächlich auf der Welt sittlich gut und vernünftig leben kann. Und was ist das Resultat? Bekanntlich sind viele dieser Menschenfreunde, früher oder später, gegen das Ende ihres Lebens sich selbst untreu geworden und haben arge Streiche, manchmal sogar von der allerunanständigsten Art, begangen. Nun frage ich Sie: Was kann man von dem Menschen, als von einem mit so sonderbaren Eigenschaften begabten Wesen, erwarten? Überschütten Sie ihn mit allen irdischen Gütern, versenken Sie ihn in Glück bis über den Kopf, so daß, wie im Wasser, nur Blasen an die Oberfläche des Glückes hinaufsteigen;

stellen Sie ihn in materieller Hinsicht so günstig, daß er weiter nichts mehr zu tun hat als zu schlafen, Pfefferkuchen zu essen und dafür zu sorgen, daß die Weltgeschichte nicht vor der Zeit aufhört – so wird er, der Mensch, Ihnen auch dann, auch dann lediglich aus Undankbarkeit, lediglich aus Bosheit irgendeine Gemeinheit begehen. Er wird sogar die Pfefferkuchen aufs Spiel setzen und sich absichtlich den verderblichsten Unsinn, den materiell nachteiligsten Blödsinn wünschen, einzig und allein um dieser ganzen positiven Vernünftigkeit sein eigenes verderbliches phantastisches Element beizumischen. Gerade seine phantastischen Träumereien, seine grundgemeine Dummheit wird er sich zu erhalten wünschen, lediglich um sich selbst den Beweis zu liefern (als wäre das unumgänglich notwendig), daß die Menschen immer noch Menschen sind und keine Klaviertasten, auf denen zwar die Naturgesetze selbst eigenhändig spielen, sich aber so einzuspielen drohen, daß es nicht mehr möglich sein wird, etwas vom Kalender Abweichendes zu wünschen. Und damit noch nicht genug: Sogar im Falle daß er sich wirklich als eine bloße Klaviertaste herausstellt und man ihm das sogar durch die Naturwissenschaften und auf mathematischem Wege beweist, selbst dann wird er sich nicht zur Vernunft bringen lassen, sondern im Gegenteil absichtlich etwas anrichten, nur aus bloßer Undankbarkeit; eigentlich nur um auf seinem Willen zu bestehen. Und wenn er nicht über die dazu erforderlichen Mittel verfügt, so wird er auf den Gedanken kommen, die Zerstörung und das Chaos herbeizuführen und allerlei Leiden hinzunehmen, um nur auf seinem Willen zu bestehen! Er wird einen Fluch über die ganze Welt aussprechen, und da fluchen eben nur der Mensch kann (das ist sein Privileg, welches den hauptsächlichsten Unterschied zwischen ihm und den andern lebenden Wesen bildet), so wird er ja vielleicht schon allein durch den Fluch seine Absicht erreichen, nämlich wirklich zu der Überzeugung gelangen, daß er ein Mensch ist und keine Klaviertaste! Wenn Sie sagen, daß man auch dies alles nach der Tabelle berechnen könne, das Chaos und die Finsternis und den Fluch, so daß schon allein die Möglichkeit der Vorherberechnung den ganzen Widerstand hemme und die Vernunft den Sieg davontrage, so wird in diesem Falle der Mensch absichtlich verrückt werden, um keine Vernunft zu haben und auf seinem Willen zu bestehen! Ich glaube das, ich garantiere das, da ja alles menschliche Tun, wie es scheint, tatsächlich nur darin besteht, daß der Mensch alle Augenblicke sich selbst den Beweis liefert, daß er ein Mensch und kein Walzenstift sei! Und wenn er auch selbst Schaden davon hat, aber er hat sich doch selbst den Beweis geliefert; und mag er sich diesen Beweis auch dadurch geliefert haben, daß er sich zum Troglodyten machte, aber er hat ihn sich doch geliefert. Wie soll man also unter diesen Umständen (mag's auch Sünde sein) sich nicht darüber freuen, daß es mit jenen Einrichtungen noch nichts ist und der Wille vorläufig noch weiß der Teufel wovon abhängt?

Sie rufen mir zu (wenn Sie mich überhaupt noch eines Einwandes würdigen), daß mir ja niemand meinen Willen nehmen wolle; das Streben gehe lediglich dahin, es auf irgendeine Weise so einzurichten, daß mein Wille von selbst, nach seinem eigenen Willen, mit meinen normalen Interessen, mit den Naturgesetzen und mit der Mathematik zusammenfalle.

Ach, meine Herren, was ist das dann noch für ein eigener Wille, wenn die Sache schon bis zur Tabelle und bis zur Mathematik gediehen ist und nur noch der Satz: »Zweimal zwei ist vier« gilt? Zweimal zwei wird auch ohne meinen Willen vier sein. Kann man da überhaupt noch von freiem Willen reden?

IX

Meine Herren, ich scherze allerdings und weiß selbst, daß ich geschickt scherze; aber man darf doch auch nicht alles als Scherz auffassen. Ich knirsche vielleicht mit den Zähnen, während ich scherze. Meine Herren, mich quälen einige Fragen; bitte, beantworten Sie sie mir! Da wollen Sie zum Beispiel den Menschen von seinen alten Gewohnheiten abbringen und seinen Willen verbessern, ihn mit den Forderungen der Wissenschaft und des gesunden Menschenverstandes in Einklang bringen. Aber woher wissen Sie denn, daß es möglich oder gar notwendig ist, den Menschen so umzugestalten? Woraus schließen Sie, daß das menschliche Wollen einer Verbesserung so unumgänglich notwendig bedarf? Kurz, woher wissen Sie, daß eine solche Verbesserung dem Menschen wirklich Vorteil bringen wird? Und wenn ich schon alles sagen darf: Warum sind Sie so fest davon überzeugt, daß, wenn der Mensch den wahren, normalen, durch die Gründe der Vernunft und durch die Mathematik garantierten Vorteilen nicht zuwiderhandelt, dies wirklich für ihn immer vorteilhaft ist, und daß das ein für die ganze Menschheit gültiges Gesetz ist? Das ist ja doch vorläufig nur erst eine Annahme von Ihnen. Aber gesetzt, daß dies ein Gesetz der Logik ist, so braucht es darum vielleicht noch nicht ein Gesetz der Menschheit zu sein. Sie glauben vielleicht, daß ich verrückt bin, meine Herren? Gestatten Sie, daß ich mich rechtfertige. Ich gebe zu: Der Mensch ist ein in hervorragendem Maße schöpferisches Lebewesen, das dazu verurteilt ist, mit Bewußtsein nach einem Ziele zu streben und sich mit der Ingenieurkunst zu beschäftigen, das heißt lebenslänglich und ohne Unterlaß sich einen Weg anzulegen, ganz gleich wohin. Aber gerade deswegen hat er vielleicht manchmal Lust, zur Seite auszuweichen, weil er dazu *verurteilt* ist, sich diesen Weg zu bahnen, und vielleicht auch noch deswegen, weil, wie dumm auch der Mann des unmittelbaren praktischen Handelns im allgemeinen sein mag, ihm doch manchmal der Gedanke in den Kopf kommt, daß dieser Weg offenbar fast immer »ganz gleich wohin« führt, und daß die Hauptsache dabei nicht ist, wohin er führt, sondern daß er überhaupt irgendwohin führe und das wohlgesittete Kind nicht die Ingenieurkunst an den Nagel hänge und sich dem verderblichen Müßiggange ergebe, der bekanntlich aller Laster Anfang ist. Der Mensch liebt es, schöpferisch tätig zu sein und Wege anzulegen; das ist nicht zu bestreiten. Aber wie kommt es, daß er auch Zerstörung und Chaos leidenschaftlich liebt? Das sagen Sie mir mal! Aber darüber möchte ich selbst gern ein paar Worte besonders sagen. Liebt er nicht vielleicht Zerstörung und Chaos darum so (denn daß er sie manchmal sehr liebt, ist nicht zu bestreiten; das ist nun einmal so), weil er selbst sich instinktiv davor fürchtet, das Ziel zu erreichen und das geschaffene Gebäude zu vollenden? Woher wollen Sie es wissen: Vielleicht liebt er das Gebäude nur aus der Entfernung, aber ganz und gar nicht aus der Nähe; vielleicht liebt er nur, es zu schaffen, aber nicht, es zu bewohnen, und überläßt das Wohnen in einem solchen Gebäude aux animaux domestiques, als da sind: Ameisen, Hammel und so weiter. Ja, die Ameisen, die haben einen ganz anderen Geschmack. Sie haben ein bewundernswürdiges Gebäude von eben dieser Art, dessen Bauart ewig unverändert bleibt: den Ameisenhaufen.

Mit dem Ameisenhaufen haben die achtungswerten Ameisen angefangen, und mit dem Ameisenhaufen werden sie sicherlich auch enden, was ihrer Beständigkeit und ihrem Positivismus die größte Ehre macht. Aber der Mensch ist ein leichtsinniges, wankelmütiges Wesen und liebt vielleicht, ähnlich wie ein Schachspieler, nur den Prozeß des Strebens nach dem Ziele, nicht das Ziel selbst. Und wer weiß (garantieren kann man es nicht): sehr möglich, daß auch das ganze Ziel, nach dem die Menschheit auf Erden trachtet, nur in diesem ununterbrochenen Prozesse des Strebens besteht, anders ausgedrückt: im Leben selbst, aber nicht eigentlich im Ziele, das selbstverständlich nichts anderes sein kann als »Zweimal zwei ist vier«, also eine Formel; aber »Zweimal zwei ist vier«, das ist ja kein Leben mehr, meine Herren, sondern der Anfang des Todes. Wenigstens hat der Mensch immer dieses »Zweimal zwei ist vier« gefürchtet, und ich fürchte es auch jetzt. Allerdings tut der Mensch weiter nichts, als daß er dieses »Zweimal zwei ist vier« sucht, bei diesem Suchen Ozeane durchschwimmt und sein Leben opfert; aber es zu finden, es wirklich zu finden, davor fürchtet er sich gewissermaßen, wahrhaftig. Er fühlt ja, daß, wenn er es gefunden hat, er nichts mehr haben wird, was er suchen könnte. Arbeiter, die eine Arbeit beendet haben, bekommen wenigstens Geld, gehen in die Schenke und werden dann auf die Polizeiwache gebracht – na, so haben sie die ganze Woche ihre Beschäftigung. Aber der Mensch, wohin soll der gehen? Wenigstens kann man an ihm jedesmal, wenn er ein ähnliches Ziel erreicht hat, eine gewisse Unbehaglichkeit wahrnehmen. Das Streben liebt er, aber die Erreichung nicht besonders, und das nimmt sich freilich furchtbar komisch aus. Kurz, der Mensch ist komisch eingerichtet; es steckt in alledem offenbar ein Witz. Aber »Zweimal zwei ist vier« ist dennoch eine ganz unerträgliche Sache. »Zweimal zwei ist vier«, das ist meiner Ansicht nach geradezu eine Frechheit. »Zweimal zwei ist vier« steht mitten in unserem Wege, stemmt die Hände in die Seiten und spuckt. Ich gebe zu, daß »Zweimal zwei ist vier« eine vortreffliche Sache ist; aber wenn man schon alles lobt, dann ist auch »Zweimal zwei ist fünf« manchmal ein allerliebstes Sächelchen.

Und warum sind Sie so fest, so triumphierend davon überzeugt, daß nur das Normale und Positive, kurz gesagt, nur das Wohlbefinden für den Menschen vorteilhaft ist? Irrt sich die Vernunft auch nicht in bezug auf die Vorteile? Vielleicht liebt der Mensch ja nicht allein das Wohlbefinden? Vielleicht liebt er genau ebensosehr das Leiden? Vielleicht ist das Leiden für ihn auch genau ebenso vorteilhaft wie das Wohlbefinden? Und der Mensch liebt das Leiden manchmal ganz außerordentlich, leidenschaftlich; das ist eine Tatsache. Darüber braucht man gar nicht erst die Weltgeschichte zu Rate zu ziehen; fragen Sie sich selbst, meine Herren, wenn anders Sie Menschen sind und auch nur ein wenig gelebt haben. Was meine persönliche Meinung anlangt, so scheint es mir sogar gewissermaßen unanständig, nur das Wohlbefinden zu lieben. Mag es nun sittlich gut oder sittlich schlecht sein, aber etwas zu zerbrechen ist manchmal doch auch eine sehr angenehme Empfindung. Ich bin ja eigentlich nicht für das Leiden und auch nicht für das Wohlbefinden. Ich bin vielmehr für das eigene Belieben und dafür, daß ich die Garantie habe, erforderlichenfalls danach handeln zu dürfen. Das Leiden hat zum Beispiel in Vaudevilles keine Stätte; das weiß ich. In dem kristallenen Schlosse ist es ja geradezu undenkbar: Leiden ist Zweifeln, ist Verneinung; was ist das aber für ein kristallenes Schloß, in dem ein Zweifeln möglich ist? Indessen bin ich davon überzeugt, daß der Mensch auf das wirkliche Leiden, das heißt auf die Zerstörung und das Chaos, niemals verzichten wird. Das Leiden, das ist ja die einzige Ursache der Erkenntnis. Und wiewohl ich am Anfang gesagt habe, die Erkenntnis sei meiner Ansicht nach für den Menschen das größte Unglück, so weiß ich doch, daß der Mensch sie liebt und sie gegen keine Befriedigung eintauschen würde. Die Erkenntnis steht zum Beispiel unendlich viel höher als das »Zweimal zwei ist vier«. Nach dem »Zweimal zwei ist vier« bleibt selbstverständlich nichts mehr übrig, was man tun, ja nicht einmal etwas, was man erkennen könnte. Alles, was dann noch möglich ist, das ist: seine fünf Sinne zu verstopfen und sich in die Beschauung zu versenken. Na, aber bei der Erkenntnis ist zwar das Ergebnis dasselbe, das heißt, es wird ebenfalls nichts mehr zu tun sein; indessen kann man doch wenigstens manchmal sich selbst durchpeitschen, und das hat doch eine auffrischende Wirkung. Das ist allerdings etwas Reaktionäres, aber doch immerhin besser als gar nichts.

X

Sie glauben an ein ewig unzerstörbares kristallenes Bauwerk, das heißt an ein solches, dem man weder heimlich die Zunge herausstrecken noch in der Tasche mit den Fingern eine höhnische Gebärde machen kann. Na, aber ich fürchte dieses Bauwerk vielleicht eben deswegen, weil es von Kristall und ewig unzerstörbar ist, und weil es unmöglich ist, ihm auch nur heimlich die Zunge herauszustrecken.
Überlegen Sie mal folgendes: Wenn an Stelle des Schlosses ein Hühnerstall da wäre und es anfinge zu regnen, so würde ich vielleicht auch in den Hühnerstall hineinkriechen, um nicht naß zu werden; aber dennoch werde ich den Hühnerstall nicht aus Dankbarkeit deshalb für ein Schloß halten, weil er mich vor dem Regen geschützt hat. Sie lachen, Sie sa-

gen sogar, in diesem Falle kämen ein Hühnerstall und ein ordentliches Wohnhaus auf dasselbe hinaus. Ja, antworte ich, wenn der Zweck des Lebens eben nur der wäre, nicht naß zu werden.
Aber was ist zu machen, wenn ich es mir nun einmal in den Kopf gesetzt habe, daß man nicht zu diesem Zwecke allein lebt und daß, wenn man nun einmal lebt, man auch in einem ordentlichen Hause wohnen soll. Das ist mein Wille, das sind meine Wünsche. Und dagegen werden Sie nur dann etwas vermögen, wenn Sie meine Wünsche ändern. Na, so ändern Sie sie doch; locken Sie mich durch etwas anderes; geben Sie mir ein anderes Ideal! Bis dahin aber werde ich einen Hühnerstall nicht für ein Schloß ansehen. Mag es sogar so stehen, daß das kristallene Bauwerk nur eine Flunkerei ist, daß es nach den Naturgesetzen nicht im Bereiche der Möglichkeit liegt und daß ich es mir nur infolge meiner eigenen Dummheit, infolge gewisser altmodischer, vernunftwidriger Angewohnheiten unserer Generation ausgedacht habe. Aber was kümmert es mich, daß dieses Bauwerk nicht im Bereiche der Möglichkeit liegt? Ist es nicht ganz dasselbe, wenn es in meinen Wünschen existiert oder, besser gesagt, existiert, solange meine Wünsche existieren? Vielleicht lachen Sie wieder? Lachen Sie meinetwegen; ich nehme allen Spott hin und werde dennoch nicht sagen, daß ich satt sei, wenn ich Hunger habe, und weiß dennoch, daß ich mich nicht mit einem Kompromisse beruhigen werde, mit einer steten, periodischen Null, nur deshalb, weil sie nach den Naturgesetzen existiert und *wirklich* existiert. Ich werde niemals für die Krone meiner Wünsche eine Mietskaserne halten, mit Wohnungen für arme Leute bei tausendjährigem Kontrakt und unfehlbar mit dem Namen so eines Zahnarztes Wagenheim auf einem Aushängeschilde. Vernichten Sie meine Wünsche, wischen Sie meine Ideale weg, zeigen Sie mir etwas Besseres, und ich will zu Ihrer Partei übergehen. Sie werden vielleicht sagen, es sei nicht der Mühe wert, eine Verbindung mit mir einzugehen; aber in diesem Falle kann ich Ihnen da dieselbe Antwort geben. Wir disputieren ernsthaft; aber wenn Sie mich Ihrer Aufmerk-

samkeit nicht würdigen wollen, dann werde ich Sie nicht demütig bitten. Ich habe meine stille Klause.
Aber einstweilen lebe und wünsche ich noch – und möge meine Hand verdorren, wenn ich auch nur einen einzigen Ziegelstein zum Bau einer solchen Mietskaserne herbeitrage! Nehmen Sie nicht daran Anstoß, daß ich selbst vorhin das kristallene Bauwerk einzig und aus dem Grunde ablehnte, weil es unmöglich sei, es durch Herausstrecken der Zunge zu verhöhnen. Ich habe das keineswegs deswegen gesagt, weil ich eine besondere Neigung dazu hätte, die Zunge herauszustrecken. Ich habe mich vielleicht nur darüber geärgert, daß es unter allen Ihren Bauwerken bisher noch keines gibt, das einen nicht dazu zwänge, die Zunge herauszustrecken. Im Gegenteil, ich würde mir gern die Zunge aus bloßer Dankbarkeit ganz ausschneiden lassen, wenn es nur so eingerichtet würde, daß ich selbst niemals mehr Lust verspürte, sie herauszustrecken. Was kann ich dafür, daß es unmöglich ist, es so einzurichten, und daß man sich mit Mietswohnungen begnügen muß? Warum bin ich so eingerichtet, daß ich solche Wünsche hegen muß? Verfolgt denn meine ganze geistige Einrichtung wirklich nur den Zweck, mich zu dem Schlusse gelangen zu lassen, daß sie nur Betrug ist? Ist das die ganze Absicht? Das kann ich nicht glauben.
Übrigens, wissen Sie was? Ich bin der bestimmten Meinung, daß ein solcher Höhlenbewohner wie ich kurz im Zaum gehalten werden muß. Er ist zwar fähig, schweigend in seiner Höhle vierzig Jahre lang zu sitzen; aber wenn er dann einmal ans Licht herauskommt, dann geht er auch durch, dann redet er und redet und redet...

XI

Das Endresultat, meine Herren, ist dieses: Das Beste ist, nichts zu tun! Das Beste ist eine beschauliche Untätigkeit! Und also: Es lebe die Abgeschiedenheit! Ich habe zwar gesagt, daß ich grün und gelb werde vor Neid auf den normalen Menschen; aber unter den Verhältnissen, in denen ich ihn sehe, möchte ich nicht er sein (obgleich ich trotzdem nicht aufhören werde, ihn zu beneiden). Nein, nein, die Abgeschiedenheit ist auf jeden Fall vorteilhafter! Dort ist es wenigstens möglich... Ach! Ich lüge ja auch hier! Ich lüge, weil ich selbst so sicher wie »Zweimal zwei ist vier« weiß, daß das Beste ganz und gar nicht die Abgeschiedenheit ist, sondern etwas anderes, etwas ganz anderes, wonach ich dürste, was ich aber absolut nicht zu finden vermag! Hol der Teufel die Abgeschiedenheit!

Ich will Ihnen sagen, was das Beste wäre: wenn ich selbst etwas von alledem glaubte, was ich jetzt niedergeschrieben habe. Ich versichere Ihnen aber, meine Herren, daß ich nichts, auch nicht ein Wort von dem glaube, was ich hier hingeschmiert habe! Das heißt, ich glaube es ja vielleicht auch, aber gleichzeitig fühle und argwöhne ich aus einem mir nicht recht verständlichen Grunde, daß ich lüge wie ein Schuster.

»Warum haben Sie denn dann das alles geschrieben?« sagen Sie zu mir.

Sehen Sie, ich möchte Sie mal auf vierzig Jahre ohne jede Beschäftigung einsperren und dann nach Ablauf der vierzig Jahre zu Ihnen in Ihre Abgeschiedenheit kommen, um mich zu erkundigen, wie weit Sie es gebracht haben. Darf man denn einen Menschen ohne Tätigkeit vierzig Jahre lang allein lassen?

»Ist denn das nicht unwürdig? Schämen Sie sich denn nicht?« sagen Sie vielleicht zu mir, indem Sie den Kopf verächtlich hin und her wiegen. »Sie dürsten nach dem Leben; aber Sie selbst beantworten die Lebensfragen mit konfuser Dialektik. Und wie aufdringlich und dreist sind Ihre Ausfälle, und wie fürchten Sie sich gleichzeitig! Sie reden Unsinn und sind mit ihm zufrieden; Sie reden Dreistigkeiten, sind aber selbst deswegen in beständiger Furcht und bitten um Entschuldigung. Sie versichern, daß Sie keine Furcht hätten, und buhlen gleichzeitig um unsere gute Meinung. Sie versichern, daß Sie mit den Zähnen knirschen, und witzeln gleichzeitig, um uns zum Lachen zu bringen. Sie wissen, daß Ihre Witze nicht geistreich sind; aber Sie sind offenbar mit dem literarischen Werte derselben sehr zufrieden. Es ist Ihnen vielleicht wirklich begegnet, leiden zu müssen; aber Sie bekunden keinerlei Achtung vor Ihren Leiden. Sie haben etwas von der Wahrheit erkannt; aber Sie besitzen kein Schamgefühl; aus kleinlichster Eitelkeit stellen Sie Ihre Wahrheit zur Schau und bringen sie in schimpflicher Weise auf den Markt. Sie wollen wirklich etwas sagen; aber aus Furcht halten Sie das letzte, entscheidende Wort zurück; denn Sie besitzen nicht die Energie, es auszusprechen, sondern nur eine feige Unverschämtheit. Sie rühmen sich Ihrer Erkenntnis; aber Sie schwanken immer nur hin und her, weil zwar Ihr Verstand arbeitet, Ihr Herz aber von Verderbtheit verdunkelt ist; und ohne ein reines Herz wird es nie eine volle, richtige Erkenntnis geben. Und wie aufdringlich benehmen Sie sich, und was schneiden Sie für Grimassen! Lüge, Lüge, lauter Lüge!«

Selbstverständlich habe ich alle diese Ihre Worte jetzt selbst verfaßt. Das stammt auch aus meinem einsamen Winkel. Ich habe dort vierzig Jahre lang diese Ihre Worte durch eine Spalte erlauscht. Ich habe sie mir selbst ausgedacht, und das ist ja auch alles, was ich mir ausgedacht habe. Es ist kein Wunder, daß ich sie auswendig kann und sie eine schriftmäßige Form angenommen haben...

Aber sind Sie denn wirklich und wahrhaftig so leichtgläubig zu meinen, ich würde alles dies drucken lassen und es Ihnen obendrein zum Lesen geben? Und da ist noch ein Punkt, der mir rätselhaft ist: Warum nenne ich Sie eigentlich »meine Herren«, warum wende ich mich an Sie wie an wirkliche Leser? Solche Bekenntnisse, wie ich sie zu machen beabsichtige, läßt man nicht drucken und gibt sie andern nicht zum Lesen. Wenigstens besitze ich nicht so viel Charakterfestigkeit und halte es auch nicht für nötig, sie zu besitzen. Aber sehen Sie: Es ist mir da so eine Laune in den Kopf gekommen, und nun will ich sie auch um jeden Preis verwirklichen. Es handelt sich um folgendes:

Es gibt in den Erinnerungen eines jeden Menschen Dinge, die er nicht allen Menschen aufdeckt, sondern höchstens seinen Freunden. Es gibt auch Dinge, die er auch den Freunden nicht aufdeckt, sondern höchstens sich selbst, und auch das nur unter dem Siegel der Verschwiegenheit. Endlich aber gibt es auch Dinge, die der Mensch sogar sich selbst aufzudecken Scheu trägt, und solcher Dinge sammelt sich bei jedem ordentlichen Menschen eine ziemlich große Menge an. Ja, man kann sogar sagen: Je ordentlicher ein Mensch ist, um so größer wird die Anzahl solcher Dinge bei ihm sein. Wenigstens habe ich selbst mich erst ganz kürzlich dazu entschlossen, mich an einige meiner früheren Erlebnisse zu erinnern; bisher aber bin ich immer um sie herumgegangen, sogar mit einer gewissen Unruhe. Jetzt jedoch, wo ich sie mir nicht nur ins Gedächtnis zurückrufe, sondern mich sogar dazu entschlossen habe, sie niederzuschreiben, jetzt will ich gerade ein Experiment machen: Bekommt man es fertig, wenigstens sich selbst gegenüber vollkommen aufrichtig zu sein und ohne Scheu die ganze Wahrheit zu sagen? Beiläufig bemerkt: Heine behauptet, der Wahrheit entsprechende Selbstbiographien seien so gut wie unmöglich; man sage von sich selbst bestimmt die Unwahrheit. Nach Heines Ansicht hat zum Beispiel Rousseau sich in seinen Bekenntnissen zweifellos verleumdet, und zwar absichtlich, aus Eitelkeit. Ich bin überzeugt, daß Heine recht hat; ich habe durchaus ein Verständnis dafür, wie man sich manchmal lediglich aus Eitelkeit ganzer Verbrechen fälschlich beschuldigen kann, und verstehe sogar sehr gut, von welcher Art diese Eitelkeit sein kann. Aber Heine urteilte über jemanden, der vor dem Publikum beichtete. Ich jedoch schreibe für mich allein und erkläre ein für allemal, daß, wenn ich so schreibe, als ob ich mich an Leser wendete, ich das lediglich zum Scheine tue, weil mir das Schreiben auf diese Art leichter wird. Es ist das eine bloße Form, eine leere Form; Leser werde ich nie haben. Ich habe das schon einmal ausgesprochen…

Ich will mir bei der Niederschrift meiner Aufzeichnungen keinerlei Beschränkungen auferlegen. Eine bestimmte Ordnung und eine bestimmte Methode werde ich nicht befolgen. Was mir gerade ins Gedächtnis kommen wird, das werde ich hinschreiben.

Da könnten Sie nun zum Beispiel dieses Wort dazu benutzen, mir etwas am Zeuge zu flicken, und mich fragen: »Wenn Sie wirklich nicht auf Leser rechnen, warum treffen Sie denn jetzt mit sich selbst, und noch dazu schriftlich, solche Verabredungen, nämlich daß Sie keine bestimmte Ordnung und keine bestimmte Methode befolgen werden, daß Sie hinschreiben werden, was Ihnen gerade ins Gedächtnis kommen wird, und so weiter und so weiter? Wozu geben Sie Erklärungen ab? Wozu entschuldigen Sie sich?«
»Sie mit Ihren Einwendungen!« antworte ich.
Das hat alles seine psychologischen Gründe. Vielleicht bin ich einfach feige. Vielleicht aber stelle ich mir auch absichtlich vor, ich hätte ein Publikum vor mir, damit ich mich während des Schreibens anständiger benehme. So kann es tausend Gründe geben.
Aber noch eins: Warum und wozu will ich eigentlich schreiben? Wenn ich es nicht für ein Publikum tue, dann könnte ich mich doch an das alles auch bloß so, in Gedanken, erinnern, ohne es zu Papier zu bringen?
Das ist richtig; aber auf dem Papier macht sich das gewissermaßen feierlicher. Es gewinnt größeren Nachdruck; es wird mehr ein Gericht, das man über sich selbst abhält; der Stil bessert sich. Außerdem: Vielleicht wird mir durch das Niederschreiben wirklich eine Art von Erleichterung zuteil. Da bedrückt mich zum Beispiel gerade jetzt eine weit zurückliegende Erinnerung ganz besonders. Erst vor einigen Tagen ist sie mir wieder deutlich ins Gedächtnis gekommen, und seitdem haftet sie in meinem Kopfe wie eine ärgerliche Melodie, die man nicht loswerden kann. Und doch muß ich diese Erinnerung wieder loswerden. Solcher Erinnerungen habe ich Hunderte; aber manchmal tritt aus der ganzen Menge eine einzelne hervor und bedrückt mich. Aus irgendwelchem Grunde glaube ich, daß es mir gelingen wird, sie loszuwerden, wenn ich sie niederschreibe. Warum soll ich es nicht versuchen?
Und schließlich: Ich langweile mich und gehe beständig müßig. Das Niederschreiben aber ist tatsächlich eine Art von Arbeit. Man sagt, von der Arbeit werde der Mensch gut

und ehrenhaft. Na, da hätte ich ja also wenigstens eine Möglichkeit.

Heute schneit es; es ist ein nasser, gelblicher, trüber Schnee. Gestern hat es ebenfalls geschneit und vor einigen Tagen auch. Ich glaube, aus Anlaß des nassen Schnees ist mir die Geschichte eingefallen, die mir jetzt nicht aus dem Kopfe gehen will. So mag denn diese Erzählung: »Bei nassem Schnee« heißen.

ZWEITER TEIL
BEI NASSEM SCHNEE

Als aus der grausen Nacht der Fehle
Ich deine tiefgefallne Seele
Mit heißem Zuspruch hob zum Licht;
Da, als du händeringend suchtest
Nach Worten und dem Laster fluchtest,
Das wie ein Todesnetz umflicht;
Als du dein schlummerndes Gewissen
Aufpeitschtest durch Erinnerung
Und mir erzähltest, was gerissen
Zum Pfuhl dich, die so zart und jung;
Als ich dich sah voll Scham und Schrecken,
Empört, erschüttert, schuldbewußt
Das Antlitz mit der Hand bedecken
Und Schluchzen brach aus deiner Brust...
Und so weiter und so weiter und so weiter.

N. A. Nekrassow.*

I

Ich war zu jener Zeit erst vierundzwanzig Jahre alt. Mein Leben war auch damals schon düster, unordentlich und bis zur Menschenscheu einsam. Ich verkehrte mit keinem Menschen, vermied es sogar, mit jemandem zu reden, und verkroch mich immer mehr in meinen Winkel. Während der Dienststunden in der Kanzlei gab ich mir sogar Mühe, niemanden anzusehen, und ich bemerkte recht wohl, daß meine Kollegen mich nicht nur für einen wunderlichen Kauz hielten, sondern (auch das schien mir immer so) mich sogar mit einer Art von Ekel anblickten. Es kam mir der Gedanke: Warum hat denn niemand außer mir die Empfindung, daß man ihn mit Ekel anblickt? Einer unserer Kanzleibeamten hatte ein ganz widerwärtiges, pockennarbiges Gesicht, die reine Verbrecherphysiognomie. Hätte ich ein so unanständiges Gesicht gehabt, so würde ich, glaube ich, nicht gewagt haben, jemanden anzusehen. Ein anderer trug

* Nach der Übersetzung von Friedrich Fiedler.

eine so abgenutzte Uniform, daß es in seiner Nähe schon schlecht roch. Und doch zeigte keiner dieser Herren irgendwelche Verlegenheit, weder wegen seiner Kleidung noch wegen seines Gesichtes noch in geistiger Hinsicht. Weder der eine noch der andere von ihnen hatte die Vorstellung, daß jemand sie mit Ekel ansähe; und wenn sie diese Vorstellung gehabt hätten, so wäre es ihnen ganz gleichgültig gewesen; wenn nur die Vorgesetzten sie nicht so ansahen. Jetzt ist es mir vollkommen klar, daß ich selbst infolge meiner grenzenlosen Eitelkeit und, im Zusammenhange damit, infolge der maßlosen Ansprüche, die ich an mich selbst stellte, mich sehr häufig mit einer grimmigen, bis zum Ekel gehenden Unzufriedenheit betrachtete und infolgedessen in Gedanken meine Auffassung einem jeden zuschrieb. Ich haßte zum Beispiel mein Gesicht, fand es häßlich und vermutete sogar, daß ein gemeiner Ausdruck in ihm liege; und darum bemühte ich mich jedesmal, wenn ich zum Dienst kam, in qualvoller Weise, mich möglichst selbstbewußt zu benehmen und auf meinem Gesichte möglichst viel edle Gesinnung zum Ausdruck zu bringen, um nicht in den Verdacht der Gemeinheit zu geraten. »Mag mein Gesicht meinetwegen unschön sein«, dachte ich, »wenn es dafür nur edelmütig, ausdrucksvoll und vor allen Dingen außerordentlich klug aussieht.« Zu meinem größten Leidwesen wußte ich jedoch mit Bestimmtheit, daß ich es niemals fertigbrachte, mit meinem Gesichte alle diese schönen Eigenschaften zum Ausdruck zu bringen. Aber was das Allerschrecklichste war: Ich fand mein Gesicht entschieden dumm. Und doch hätte ich mich vollkommen zufriedengegeben, wenn es nur klug ausgesehen hätte. Ich hätte mir sogar einen gemeinen Ausdruck gefallen lassen, falls man nur gleichzeitig mein Gesicht furchtbar klug gefunden hätte.

Selbstverständlich haßte ich unsere Kanzleibeamten sämtlich vom ersten bis zum letzten und verachtete sie alle, fürchtete mich aber gleichzeitig vor ihnen gewissermaßen auch. Es kam vor, daß ich sie auf einmal sogar über mich stellte. Das machte sich damals bei mir oft ganz plötzlich: Bald verachtete ich sie, bald stellte ich sie über mich. Ein gebildeter, ordentlicher Mensch kann nicht eitel sein, ohne an sich selbst grenzenlose Ansprüche zu stellen und ohne sich in manchen Augenblicken bis zum Haß zu verachten. Aber fast vor jedem, mit dem ich zusammenkam, mochte ich ihn nun über mich stellen oder ihn verachten, schlug ich die Augen nieder. Ich stellte sogar Experimente an: ob ich wohl den Blick wenigstens dieses oder jenes Menschen würde aushalten können, und immer war ich der erste, der den Blick senkte. Das quälte mich bis zur Raserei. Ebenso hatte ich eine krankhafte Furcht davor, lächerlich zu erscheinen, und hielt mich daher in allem, was das Äußere betraf, sklavisch an das allgemein Übliche; hingebungsvoll bewegte ich mich in dem gemeinsamen Geleise und bekam einen großen Schreck vor jeder exzentrischen Regung, die ich an mir bemerkte. Aber wie hätte ich das auf die Dauer aushalten können? Meine geistige Entwicklung hatte etwas Krankhaftes, wie sich das bei einem gebildeten Menschen unserer Zeit so gehört. Meine Kollegen aber waren alle stumpfsinnig und einer dem andern ähnlich wie Hammel in einer Herde. Vielleicht schien es in der ganzen Kanzlei nur mir allein beständig, daß ich ein Feigling und ein Sklave sei, und zwar eben deswegen, weil ich geistig fortgeschritten war. Aber es schien mir nicht nur so, sondern es war auch tatsächlich so der Fall: Ich war ein Feigling und ein Sklave. Ich sage das ohne alle Verlegenheit. Jeder ordentliche Mensch unseres Zeitalters ist ein Feigling und ein Sklave und muß es sein. Das ist sein normaler Zustand. Davon bin ich tief überzeugt. Er ist so geschaffen und dazu eingerichtet. Und nicht nur in der Gegenwart, infolge irgendwelcher ihr eigenen zufälligen Umstände, sondern überhaupt in allen Zeitaltern muß ein ordentlicher Mensch ein Feigling und ein Sklave sein. Das ist ein Naturgesetz für alle ordentlichen Menschen auf der Erde. Und wenn es wirklich einmal vorkommt, daß einer von ihnen bei irgendwelcher Gelegenheit ein bißchen Mut entwickelt, so möge er sich darüber nicht weiter freuen und stolz sein; er wird schon bald bei einer anderen Gelegenheit den Schwanz einklemmen. Das ist das einzig Mögliche, und das wiederholt sich ewig. Wirklich mutig sind nur die Esel

und ihre Bastarde, aber auch die nur bis zu der bewußten Mauer. Sie verdienen keine Beachtung; denn sie sind ganz bedeutungslos.
Noch ein anderer Umstand war es, der mich damals quälte, nämlich: daß niemand mir und ich niemandem ähnlich war. »Ich bin ein einzelner, und sie sind die gesamte Masse«, dachte ich und versank in Grübeleien.
Daraus ist zu ersehen, daß ich noch völlig knabenhaft war.
Es kamen auch seltsame Widersprüche vor. Manchmal war es mir ja furchtbar zuwider, in die Kanzlei zu gehen; das ging so weit, daß ich oft vom Dienste ganz krank nach Hause zurückkehrte. Aber plötzlich, ganz ohne sichtbaren Grund, folgte dann wieder eine Periode des Skeptizismus und der Gleichgültigkeit (bei mir vollzog sich alles periodenweise), und siehe da, ich lachte selbst über meine Unduldsamkeit und Mäkelei und machte mir selbst wegen meiner »romantischen Denkweise« Vorwürfe. Bald wollte ich mit niemandem reden, bald wieder wurde ich in vollem Gegensatze dazu nicht nur gesprächig, sondern geriet sogar auf den Einfall, meinen Kollegen freundschaftlich näherzutreten. Meine ganze Mäkelei war plötzlich (warum eigentlich?) verschwunden. Wer weiß, vielleicht war sie mir niemals wirklich eigen gewesen, sondern nur so etwas Äußerliches, aus Büchern Angenommenes? Ich bin bis heute noch nicht dazu gelangt, diese Frage zu beantworten. Einmal freundete ich mich sogar vollständig mit ihnen an, besuchte sie in ihren Wohnungen, spielte mit ihnen Préférence, trank mit ihnen Schnaps und unterhielt mich mit ihnen über das Avancement... Aber hier erlauben Sie mir bitte eine Abschweifung!
Bei uns in Rußland hat es, allgemein gesagt, niemals die dummen verstiegenen deutschen und namentlich französischen Romantiker gegeben, auf die nichts wirkt: Mag auch die Erde unter ihnen krachen, mag auch ganz Frankreich auf den Barrikaden zugrunde gehen – sie bleiben dieselben, ändern sich nicht einmal anstandshalber und werden bis an ihr Lebensende ihre verstiegenen Lieder singen, weil sie eben Dummköpfe sind. Bei uns aber, in Rußland, gibt es

keine Dummköpfe; das ist bekannt: Gerade dadurch zeichnen wir uns vor den westeuropäischen Völkern und speziell vor den Deutschen aus. Folglich gibt es bei uns auch keine verstiegenen Charaktere in ihrem reinen Zustande. Das alles haben unsere damaligen »positiven« Publizisten und Kritiker, die damals für Männer wie Kostanschoglo* schwärmten und sie aus Dummheit für das russische Ideal hielten, unsern Romantikern nur angedichtet, da sie sie für ebenso verstiegene Menschen erachteten wie die in Deutschland oder Frankreich. Im Gegenteil bilden die Eigenschaften unseres Romantikers den vollständigen, diametralen Gegensatz zu denen des verstiegenen Westeuropäers und lassen sich mit den kleinen westeuropäischen Maßstäben gar nicht messen. (Erlauben Sie mir schon, mich des Wortes »Romantiker« zu bedienen; es ist so ein altertümlicher, ehrbarer, würdiger, allbekannter Ausdruck.) Die Eigenschaften unseres Romantikers sind: alles zu verstehen, alles zu sehen, und zwar es oft unvergleichlich viel klarer zu sehen als unsere positivsten Geister; mit niemandem und mit nichts Kompromisse einzugehen, aber zugleich nichts geringzuschätzen; allem aus dem Wege zu gehen, allem schlau nachzugeben, niemals das nützliche, praktische Ziel aus dem Auge zu verlieren (zum Beispiel hübsche Dienstwohnungen, nette Ruhegehälter, blitzende Orden); dieses Ziel durch alle enthusiastischen Schwärmereien und Bändchen lyrischer Gedichte hindurch unbeirrt zu verfolgen und gleichzeitig auch »das Schöne und Erhabene« sich bis zu seinem Lebensende unversehrt zu bewahren und nebenbei trotz aller Mühen und Sorgen auch seine eigene werte Persönlichkeit wie ein kostbares Kleinod vollkommen unbeschädigt zu erhalten, sei es auch nur zum Nutzen dieses selben »Schönen und Erhabenen«. Ja, unser Romantiker ist ein großzügiger Mensch und der größte Spitzbube, den es bei uns gibt; das kann ich Ihnen versichern; sogar aus eigener Erfahrung. Natürlich trifft das alles nur zu, wenn der Romantiker klug ist. Aber was rede ich da! Ein Romantiker

* Ein wirtschaftlich sehr tüchtiger Gutsbesitzer im zweiten Teil von Gogols »Toten Seelen«. (A. d. Ü.)

ist immer klug; ich wollte auch nur bemerken, daß es zwar bei uns auch dumme Romantiker gegeben hat, dies aber nicht in Betracht kommt, da sie sich noch in der Blüte ihrer Kraft vollständig in Deutsche umgewandelt und, um ihr Kleinod bequemer erhalten zu können, sich dort irgendwo, meist in Weimar oder im Schwarzwald, niedergelassen haben. Ich zum Beispiel habe die dienstliche Tätigkeit aufrichtig verachtet und sie nur notgedrungen nicht an den Nagel gehängt, weil ich für mein Sitzen im Bureau Geld bekam. Das Resultat also war (beachten Sie das wohl!), daß ich sie trotz meiner Verachtung nicht an den Nagel hängte. Unser Romantiker wird eher den Verstand verlieren (was übrigens nur sehr selten passiert), als daß er seine Tätigkeit an den Nagel hängt, wenn er nicht eine andere Karriere in Aussicht hat; und mit Gewalt wird man ihn auch nicht wegjagen, sondern ihn höchstens als »König von Spanien« ins Irrenhaus bringen, aber auch das nur, wenn er in besonders hohem Grade verrückt geworden sein sollte. Aber verrückt werden ja bei uns nur dünne, hellblonde Leute. Eine überaus große Zahl von Romantikern macht bei uns eine vorzügliche Karriere. Sie besitzen eine ganz außerordentliche Vielseitigkeit! Und welche Fähigkeit zu den verschiedenartigsten Verfehlungen! Ich habe schon damals meine Freude daran gehabt und bin auch jetzt noch derselben Meinung. Eben daher gibt es bei uns so viele »großzügige Charaktere«, die sogar beim tiefsten Falle niemals ihr Ideal verlieren; und obgleich sie für ihr Ideal keinen Finger rühren, und obgleich sie ausgesprochene Räuber und Diebe sind, so lieben und achten sie doch ihr ursprüngliches Ideal bis zu Tränen und sind im Grunde ihres Herzens außerordentlich ehrenhaft. Ja, nur bei uns kann der ausgesprochene Schuft im Grunde seines Herzens von vollkommener und sogar edler Ehrenhaftigkeit sein und dabei doch gleichzeitig ruhig ein Schuft bleiben. Ich wiederhole: Fortwährend entwickeln sich unsere Romantiker zu solchen Spitzbuben in geschäftlichen Dingen (das Wort »Spitzbuben« gebrauche ich in freundlichem Sinne) und beweisen eine so feine Nase für die Wirklichkeit und eine solche Kenntnis des realen Lebens, daß die Obrig-

keit und das Publikum bei diesem Anblick vor Staunen starr sind und nur bewundernd mit der Zunge schnalzen können. Ihre Vielseitigkeit ist wahrhaft erstaunlich, und Gott weiß, wozu diese sich unter den kommenden Verhältnissen noch herausbilden wird und was sie uns für die Zukunft verspricht. Aber das Material ist nicht übel! Ich sage das nicht etwa aus übertriebenem, lächerlichem Patriotismus. Übrigens bin ich überzeugt, daß Sie wieder glauben, ich machte mich lustig. Aber wer weiß, vielleicht ist auch das Umgekehrte der Fall, und Sie sind überzeugt, daß ich wirklich so denke. In jedem Falle, meine Herren, werde ich mir Ihre beiden Meinungen zur Ehre anrechnen und sie mir zu besonderem Vergnügen gereichen lassen. Meine Abschweifung aber wollen Sie mir bitte verzeihen!
Die Freundschaft mit meinen Kollegen hielt ich selbstverständlich nicht lange aus, verzankte mich sehr bald gründlich mit ihnen und hörte infolge meiner damaligen jugendlichen Unerfahrenheit sogar auf, sie zu grüßen, als ob ich alle Beziehungen zu ihnen abbrechen wollte. Das hat sich mit mir übrigens nur ein einziges Mal zugetragen. Im ganzen bin ich immer allein gewesen.
Zu Hause bildete die Lektüre meine Hauptbeschäftigung. Ich wollte durch äußere Eindrücke alles das, was unaufhörlich in mir siedete, ersticken. Aber von äußeren Eindrücken war das einzige, was für mich im Bereiche der Möglichkeit lag, die Lektüre. Diese half natürlich viel: Sie erregte mich, labte mich und peinigte mich. Aber manchmal langweilte sie mich doch auch furchtbar. Ich wollte doch auch Bewegung haben, und so ergab ich mich denn plötzlich einer geheimen, verborgenen, garstigen Ausschweifung, wiewohl nur in mäßigem Umfange. Infolge meiner steten, krankhaften Reizbarkeit hatten meine Leidenschaften eine brennende Schärfe. Die Ausbrüche waren hysterisch, von Tränen und Krämpfen begleitet. Außer der Lektüre hatte ich nichts, wozu ich hätte meine Zuflucht nehmen können; das heißt, es war in meiner Umgebung damals nichts vorhanden, was ich hätte achten können, und wonach es mich hingezogen hätte. Außerdem befand ich mich in einer trüben

Seelenstimmung; es stellte sich ein hysterisches Verlangen nach Gegensätzen, nach Kontrasten ein, und da fing ich denn an, ausschweifend zu leben. Aber ich habe das alles ja soeben nicht gesagt, um mich zu rechtfertigen... Übrigens, nein! Ich habe gelogen! Ich wollte mich wirklich rechtfertigen. Diese Bemerkung mache ich für mich, meine Herren. Ich will nicht lügen. Ich habe mein Wort gegeben.

Ich betrieb diese Ausschweifungen einsam, bei Nacht, im geheimen, ängstlich, in schmutziger Manier, mit einem Schamgefühl, das mich selbst in den ekelhaftesten Augenblicken nicht verließ und mich in solchen Augenblicken sogar dazu brachte, mich selbst zu verwünschen. Meine Seele empfand schon damals den Drang, mich von den Menschen abzusondern. Ich hatte eine furchtbare Angst, daß mir jemand begegnen, mich sehen und erkennen könnte. Ich besuchte verschiedene, sehr obskure Lokale.

Als ich einmal in der Nacht bei einem Restaurant niedrigen Ranges vorbeikam, sah ich durch das erleuchtete Fenster, wie die Herren sich beim Billard mit den Queues prügelten und wie einer von ihnen durch das Fenster hinausgeworfen wurde. Zu anderer Zeit wäre mir das sehr ekelhaft erschienen; aber damals überkam mich plötzlich eine solche Stimmung, daß ich diesen hinausgeworfenen Herrn beneidete, ihn dermaßen beneidete, daß ich sogar in das Restaurant, in das Billardzimmer hineinging: »Vielleicht«, dachte ich, »werde auch ich mich prügeln und ebenfalls aus dem Fenster hinausgeworfen werden.«

Ich war nicht betrunken; aber was sollte ich machen, – bis zu solchen hysterischen Anfällen kann einen der Trübsinn peinigen! Aber es kam zu nichts Besonderem. Es stellte sich heraus, daß ich nicht einmal fähig war, aus dem Fenster zu springen, und ich ging weg, ohne mich geprügelt zu haben.

Gleich nach meinen Eintritt erledigte mich dort ein Offizier.

Ich stand beim Billard und versperrte ihm, als er vorbeigehen wollte, ohne es zu bemerken, den Weg; da faßte er mich bei den Schultern und stellte mich ohne ein Wort der Ankündigung und der Erklärung schweigend von dem Platze,

wo ich stand, auf einen andern; er selbst aber ging vorbei, als ob er mich gar nicht bemerkt hätte. Ich hätte es ihm sogar verziehen, wenn er mich geprügelt hätte; aber das konnte ich ihm schlechterdings nicht verzeihen, daß er mich an einen andern Platz gestellt und so vollständig ignoriert hatte. Weiß der Teufel, was ich damals für einen richtigeren, regelrechteren, anständigeren, sozusagen mehr buchmäßigen Streit gegeben hätte! Man hatte mich behandelt wie eine Fliege. Dieser Offizier war von hohem Wuchs, ich dagegen ein kleiner, schwächlicher Mensch. Übrigens hatte ich es in der Hand, einen Streit herbeizuführen: Ich brauchte nur meiner Entrüstung Ausdruck zu geben, und man hätte mich gewiß aus dem Fenster hinausgeworfen. Aber ich entschied mich anders und zog es vor, ergrimmt zu verschwinden.
In Verwirrung und Aufregung verließ ich das Restaurant und begab mich geradewegs nach Hause; am andern Tage aber setzte ich meine Ausschweifung fort; ich war noch schüchterner, bedrückter und trauriger als früher, als ob mir die Tränen in die Augen kommen wollten; aber ich setzte mein Treiben dennoch fort. Glauben Sie übrigens nicht, daß der Grund für mein feiges Benehmen dem Offizier gegenüber Feigheit gewesen wäre: Ich war im Grunde meines Herzens nie ein Feigling, wiewohl ich mich, wo es aufs Handeln ankam, stets feige benommen habe; aber – warten Sie noch ein wenig mit Ihrem Lachen; es gibt dafür eine Erklärung; ich habe für alles eine Erklärung; davon können Sie überzeugt sein.
O wenn doch dieser Offizier einer von denen gewesen wäre, die sich auf ein Duell einließen! Aber nein, er war gerade einer von jenen (leider längst verschwundenen) Herren, die es vorzogen, mit den Queues zu operieren oder, wie der Leutnant Pirogow bei Gogel, mittels der Vorgesetzten. Auf ein Duell aber ließen sie sich nicht ein, und mit unsereinem, einem armseligen Zivilisten, hätten sie ein Duell unter allen Umständen für unpassend gehalten – und überhaupt hielten sie das Duell für etwas Unsinniges, Freidenkerisches, Französisches; sie selbst aber erlaubten sich oft Beleidigungen, namentlich wenn sie hochgewachsen waren.

Daß ich mich damals feige benahm, geschah nicht aus Feigheit, sondern aus grenzenloser Eitelkeit. Ich fürchtete nicht die große Gestalt des Offiziers, auch nicht, daß man mich gehörig durchprügeln und durchs Fenster hinauswerfen werde; physische Tapferkeit besaß ich wirklich in ausreichendem Maße; aber an moralischer Tapferkeit mangelte es mir. Ich fürchtete, daß alle Anwesenden, von dem frechen Marqueur angefangen bis zu dem niedrigen, übelriechenden, dort herumschwenzelnden Beamten mit seinem pickelbesäten Gesichte und mit seinem fettigen Rockkragen, mich nicht verstehen und mich auslachen würden, wenn ich meiner Entrüstung Ausdruck gegeben und angefangen hätte, in buchmäßiger Sprache zu ihnen zu reden. Denn über den Ehrenpunkt, das heißt nicht über die Ehre, sondern über den Ehrenpunkt (point d'honneur) kann man ja bei uns bis auf den heutigen Tag überhaupt nicht anders als in buchmäßiger Sprache reden. In gewöhnlicher Sprache geschieht des Ehrenpunktes gar keine Erwähnung. Ich war vollkommen überzeugt (so viel richtiges Gefühl für die Wirklichkeit besaß ich doch trotz aller Romantik!), daß sie alle geradezu geplatzt wären vor Lachen, der Offizier aber mich nicht einfach (das heißt in nicht beleidigender Weise) durchgeprügelt, sondern mir sicherlich Stöße mit dem Knie versetzt, mich in dieser Art um das Billard herumgetrieben und erst dann sich vielleicht erbarmt und mich durchs Fenster hinausspediert hätte. Selbstverständlich konnte ich diese klägliche Geschichte mit meinem Davongehen nicht abgetan sein lassen. Ich begegnete diesem Offizier nachher häufig auf der Straße und erkannte ihn sehr gut wieder. Ich weiß nur nicht, ob auch er mich erkannte. Wahrscheinlich nicht; ich schließe das aus gewissen Anzeichen. Aber ich, ich blickte ihn voll Grimm und Haß an, und so dauerte das... mehrere Jahre! Mein Ingrimm wuchs und steigerte sich sogar mit den Jahren. Zuerst begann ich, heimlich über diesen Offizier Erkundigungen einzuziehen. Das hatte für mich seine Schwierigkeiten, da ich mit keinem Menschen bekannt war. Aber einmal rief ihn jemand auf der Straße mit seinem Familiennamen an, als ich ihm von weitem nachging, wie wenn ich an ihn angebunden wäre, und so erfuhr ich seinen Familiennamen. Ein andermal folgte ich ihm bis zu seiner Wohnung und erfuhr für ein Zehnkopekenstück von dem Hausknecht, wo er wohnte, in welchem Stockwerk, ob allein oder mit jemandem zusammen, und so weiter – kurz, alles, was man von einem Hausknecht erfahren kann. Eines Morgens kam mir, obwohl ich mich sonst nie mit Schriftstellerei befaßte, der Gedanke, diesen Offizier in satirischer Art, karikierend, in Form einer Novelle abzukonterfeien. Ich schrieb diese Novelle mit vielem Genuß. Ich bediente mich einer scharfen Polemik, ja sogar der Verleumdung; den Familiennamen modelte ich anfangs nur so um, daß man ihn sogleich erkennen konnte; aber dann, nach reiflicher Überlegung, änderte ich ihn vollständig und sandte meine Schrift den »Vaterländischen Aufzeichnungen« ein. Aber die polemische Literatur war damals noch nicht Mode geworden, und so wurde meine Novelle nicht gedruckt. Das ärgerte mich sehr. Manchmal war ich nahe daran, vor Wut zu ersticken. Endlich faßte ich den Entschluß, meinen Gegner zum Duell zu fordern. Ich verfaßte einen schönen, reizvollen Brief an ihn, in dem ich ihn anflehte, mich um Entschuldigung zu bitten; im Falle der Weigerung deutete ich ziemlich bestimmt auf ein Duell hin. Der Brief war so abgefaßt, daß der Offizier, wenn er auch nur eine Spur von Verständnis für das »Schöne und Erhabene« besaß, unfehlbar mußte zu mir gelaufen kommen, um mir um den Hals zu fallen und mir seine Freundschaft anzubieten. Und wie schön wäre das gewesen! Was für ein herrliches Leben hätten wir zusammen geführt! »Er würde mich mit seiner stattlichen Gestalt beschützen, und ich würde ihn durch meine Bildung und durch meine Ideen veredeln, und was könnte sich nicht sonst noch alles daraus entwickeln!« Stellen Sie sich vor, daß damals schon zwei Jahre seit der mir angetanen Beleidigung vergangen waren und meine Herausforderung ein schauderhafter Anachronismus war, trotz der Geschicklichkeit, mit der ich ihn in meinem Briefe zu erklären und zu bemänteln suchte. Aber Gott sei Dank (bis auf den heutigen Tag danke ich dem Allerhöchsten dafür mit Tränen), ich schickte meinen Brief nicht ab. Ein kalter Schauer läuft mir über die Haut, wenn ich daran denke, welche Folgen eine Absendung desselben hätte haben können. Und auf einmal... auf einmal rächte ich mich auf die einfachste, genialste Weise! Es kam mir plötzlich ein leuchtender Gedanke. Ich ging an Festtagen manchmal zwischen drei und vier Uhr nach dem Newski-Prospekt und promenierte dort auf der Sonnenseite. Das heißt, ein Promenieren war es eigentlich nicht, sondern ich machte dort zahllose Qualen, Demütigungen und Gallenergüsse durch; aber gerade das war mir gewiß Bedürfnis. Ich wand mich wie ein Aal in der unschönsten Weise zwischen den Fußgängern hin und her und wich unaufhörlich aus; bald vor Generälen, bald vor Chevaliergarde- und Husarenoffizieren, bald vor Damen; ich fühlte in diesen Augenblicken krampfhafte Schmerzen im Herzen und eine Hitze im Rücken bei dem bloßen Gedanken an die Jämmerlichkeit meiner Kleidung und an die Jämmerlichkeit und Gemeinheit meiner sich hin und her windenden kleinen Gestalt. Das war eine Märtyrerpein, eine ununterbrochene, unerträgliche Demütigung durch einen Gedanken, der in eine dauernde, unmittelbare Empfindung überging, daß ich nämlich all diesen vornehmen Leuten gegenüber nur eine Fliege sei, eine garstige, unnütze Fliege, zwar klüger als sie alle, gebildeter als sie alle, edler als sie alle (das verstand sich von selbst), aber doch eine Fliege, die allen fortwährend Platz machte und von allen fortwährend erniedrigt und beleidigt wurde. Warum ich mich dieser Pein unterzog, warum ich auf den Newski-Prospekt ging, das weiß ich nicht. Aber es zog mich einfach dorthin, sowie ich eine Möglichkeit dazu hatte.

Ich begann damals bereits jene Genußempfindungen durchzumachen, von denen ich schon im ersten Teile gesprochen habe. Nach der Geschichte mit dem Offizier aber fühlte ich mich noch stärker dorthin gezogen: Auf dem Newski-Prospekt begegnete ich ihm am häufigsten; dort konnte ich ihn nach Herzenslust betrachten. Er ging ebenfalls vorzugsweise an Festtagen dorthin. Zwar trat auch er vor Generälen und anderen vornehmen Persönlichkeiten zur Seite und schlängelte sich ebenfalls wie ein Aal zwischen ihnen hin; aber solche Leute wie unsereinen, ja auch noch besser gekleidete, drückte er einfach beiseite; er ging gerade auf sie zu, als ob er freien Luftraum vor sich hätte, und wich unter keinen Umständen aus. Ich berauschte mich, wenn ich ihn so ansah, an meinem Ingrimm und... trat jedesmal ingrimmig vor ihm zur Seite. Es war mir eine qualvolle Empfindung, daß ich es nicht einmal auf der Straße fertigbrachte, mich mit ihm auf gleichen Fuß zu stellen. »Warum trittst du unfehlbar als erster zur Seite?« schalt ich mich selbst in einem Wutanfall, wenn ich manchmal in der Nacht um zwei oder drei Uhr aufwachte. »Warum gerade du und nicht er? Für dergleichen gibt es ja doch kein Gesetz; das steht ja doch nirgends geschrieben. Na, kann es denn nicht zu gleichen Teilen geschehen, wie es gewöhnlich geschieht, wenn höfliche Leute einander begegnen: Er weicht zur Hälfte aus und du zur Hälfte, und so geht ihr, einander wechselseitig respektierend, vorüber.« Aber das geschah nicht, und immer war ich derjenige, der zur Seite trat; er aber bemerkte es gar nicht, daß ich ihm auswich. Und da blitzte auf einmal ein höchst bewundernswerter Gedanke in meinem Kopfe auf. »Wie wär's«, dachte ich, »wenn ich es absichtlich unterließe, selbst auf das Risiko hin, ihn zu stoßen; was wird dann daraus werden?« Dieser dreiste Gedanke gewann allmählich so viel Gewalt über mich, daß er mir keine Ruhe mehr ließ. Ich malte mir das fortwährend mit Anstrengung aus und ging absichtlich häufiger nach dem Newski-Prospekt, um es mir noch deutlicher vorzustellen, wie ich das angreifen würde, falls ich es täte. Ich war von diesem Plane ganz entzückt. Er schien mir immer mehr probabel und ausführbar. »Natürlich werde ich ihm nicht geradezu einen Stoß versetzen«, dachte ich, schon im voraus durch die Freude gutmütiger gestimmt, »sondern ich werde einfach nicht zur Seite treten und infolgedessen mit ihm zusammenstoßen, nicht so, daß es sehr weh tut, sondern nur so, daß die Schultern aneinander kommen, gerade so viel, als es nach den Regeln des Anstandes zulässig ist; so daß ich ihn ebenso stark stoße wie er mich.« Endlich war ich vollkommen dazu entschlossen. Aber die Vorbereitungen nahmen noch sehr viel Zeit in Anspruch. Erstens mußte ich zur Zeit der Ausführung möglichst anständig aussehen und daher auf mein Äußeres Sorgfalt verwenden. »Das ist für alle Fälle gut; wenn zum Beispiel ein öffentlicher Skandal entsteht (und es ist dort ein erstklassiges Publikum: Da geht eine Gräfin, da geht Fürst D., da gehen alle möglichen Schriftsteller), dann muß man gut gekleidet sein; das tut seine Wirkung und stellt uns ohne weiteres in den Augen der höchsten Gesellschaft gewissermaßen auf gleiche Stufe.« In dieser Absicht ließ ich mir mein Gehalt im voraus geben und kaufte mir bei Tschurkin ein Paar schwarze Handschuhe und einen anständigen Hut. Schwarze Handschuhe schienen mir den Eindruck größerer Gesetztheit zu machen und mehr bon ton zu sein als zitronengelbe, die ich zuerst in Aussicht genommen hatte. »Das ist eine zu grelle Farbe; das sieht zu sehr danach aus, als wollte der Betreffende auffallen«, und ich nahm die zitronengelben nicht. Ein gutes Hemd mit weißen, knöchernen Knöpfen hatte ich schon längst bereitgelegt; aber was mich sehr aufhielt, war der Mantel. Mein Mantel war an sich recht gut und hielt warm; aber er war nicht mit Pelz gefüttert, sondern nur wattiert und hatte einen Schuppkragen, was höchst lakaienhaft aussah. Ich mußte unter allen Umständen den Kragen umändern und mir einen Biberkragen anschaffen, in der Art, wie ihn die Offiziere tragen. Zu diesem Zwecke ging ich häufig nach dem Kaufhofe, und nach längerem Schwanken entschied ich mich für einen billigen deutschen Biber. Diese deutschen Biber tragen sich zwar sehr schnell ab und nehmen dann ein miserables Aussehen an; aber am Anfange, solange sie noch neu sind, sehen sie sogar sehr anständig aus; und ich brauchte ihn ja auch nur für ein Mal. Ich fragte nach dem Preise: Er war doch recht teuer. Nach gründlichem Überlegen beschloß ich, meinen Schuppkragen zu verkaufen. Was die noch fehlende, für mich sehr beträchtliche Summe anlangte, so wollte ich meinen Tischvorsteher Anton Antonowitsch Setotschkin bitten, sie mir zu leihen; dies war ein bescheidener, ernster, gesetzter Mann, der niemandem Geld lieh, dem ich aber früher, bei meinem Eintritt in den Dienst, von der hohen Persönlichkeit, die meine Anstellung verfügte, besonders empfohlen worden war. Dieses Vorhaben bereitete mir schreckliche Qualen. Anton Antonowitsch um Geld zu bitten, das erschien mir als ein ungeheuerliches Unternehmen, dessen ich mich schämen müßte. Ich konnte sogar zwei, drei Nächte nicht schlafen, wie ich denn überhaupt damals wenig schlief und mich in einem fieberhaften Zustande befand; mein Herz schlug bald so matt, als ob es ganz aussetzen wollte, bald wieder begann es auf einmal zu springen, zu springen, zu springen! Anton Antonowitsch war zuerst sehr erstaunt, dann runzelte er die Stirn, dann überlegte er, lieh mir aber doch schließlich das Geld, nachdem er sich von mir hatte einen Schuldschein ausstellen lassen, der ihm das Recht gab, sich das geliehene Geld nach zwei Wochen aus meinem Gehalte auszahlen zu lassen. Auf diese Weise war endlich alles bereit; ein hübscher Biberkragen prangte an der Stelle des häßlichen Schupps, und ich begann allmählich zur Ausführung zu schreiten. Es gleich bei der ersten Begegnung so aufs Geratewohl zu tun, das war denn doch nicht möglich; das mußte mit Verstand ausgeführt werden, also allmählich. Ich muß indes gestehen, daß ich nach mehrfachen Versuchen der Verzweiflung nahe war: Wir stießen eben nicht zusammen; es war absolut nicht zu machen! Ich mochte mich noch so sehr vorbereitet haben und noch so fest entschlossen sein – es schien, daß wir im nächsten Augenblicke zusammenstoßen würden; ich blickte hin – und wieder war ich seitwärts ausgewichen, und er ging vorbei, ohne mich zu bemerken. Ich sprach sogar, wenn ich ihm näherkam, ein Gebet, daß Gott mir Energie verleihen möge. Einmal war ich schon vollständig entschlossen; aber die Sache endete damit, daß ich ihm nur vor die Füße geriet, weil es mir im allerletzten Augenblick auf handbreite Entfernung an Mut fehlte. Er ging in aller Ruhe an mir vorbei, und ich flog wie ein Ball zur Seite. In dieser Nacht war ich wieder krank; ich fieberte und phantasierte. Und plötzlich endete alles auf die denkbar beste Weise. In der vorhergehenden Nacht hatte ich endgültig beschlossen, mein verderbliches Vorhaben nicht zur Ausführung zu bringen und alles zu unterlassen, und mit dieser Absicht ging ich zum letztenmal nach dem Newski-Prospekt, bloß um zu sehen, wie ich alles unterlassen würde. Plötzlich, drei Schritte von meinem Feinde entfernt, faßte ich ganz unerwartet einen Entschluß, kniff die Augen zusammen, und – wir prallten kräftig aufeinander, Schulter gegen Schulter! Ich war keinen Zoll breit zur Seite gewichen und ging wie ein vollkommen Gleichberechtigter an ihm vorbei! Er blickte sich nicht einmal um und tat, als hätte er es nicht bemerkt; aber er tat nur so, davon bin ich überzeugt. Bis auf den heutigen Tag bin ich davon überzeugt! Selbstverständlich hatte ich bei dem Zusammenstoße das meiste abbekommen, da er stärker war als ich; aber darauf kam es nicht an. Die Hauptsache war, daß ich meine Absicht erreicht, meine Würde aufrechterhalten hatte, nicht im geringsten ausgewichen war und mich öffentlich mit ihm auf die gleiche soziale Stufe gestellt hatte. Nachdem ich mich so für alles vollständig gerächt hatte, kehrte ich nach Hause zurück. Ich war in einer begeisterten Stimmung. Ich triumphierte und sang italienische Arien. Natürlich werde ich Ihnen nicht das schildern, was mit mir drei Tage darauf geschah; wenn Sie meinen ersten Teil, »Das Dunkel«, gelesen haben, so können Sie es selbst erraten. – Der Offizier wurde später irgendwohin versetzt; es sind jetzt schon vierzehn Jahre, daß ich ihn nicht gesehen habe. Wie mag es ihm jetzt gehen, dem lieben Menschen? Wen mag er beiseite drängen?

II

Aber die Periode meiner Ausschweifungen war zu Ende gegangen, und ein schreckliches Gefühl von Übelkeit hatte mich überkommen. Es stellte sich Reue ein; aber ich jagte sie davon: Es war mir sowieso schon gar zu übel. Allmählich jedoch gewöhnte ich mich auch daran. Ich gewöhnte mich an alles; das heißt, nicht daß ich mich eigentlich daran gewöhnt hätte, sondern ich ließ mich sozusagen freiwillig bereitfinden, es zu ertragen. Aber ich hatte ein Hilfsmittel, das mir über alles hinweghalf; das war, mich in »alles Schöne und Erhabene« zu retten, natürlich in meinen Träumereien. Denen gab ich mich in großem Umfange hin; drei Monate lang beschäftigte ich mich, in meinen Winkel verkrochen, nur mit ihnen, und Sie können mir glauben, daß ich in diesen Augenblicken keine Ähnlichkeit mit jenem Herrn hatte, der sich in der Verwirrung seines Hasenherzens an seinen Mantelkragen ein deutsches Biberfell nähen ließ. Ich wurde auf einmal ein Held. Meinen hochgewachsenen Leutnant hätte ich damals nicht einmal angenommen, wenn er mir hätte eine Visite machen wollen. Ich konnte ihn mir damals nicht einmal vorstellen. Welches der Inhalt meiner Träumereien war, und wie ich damit zufrieden sein konnte, das ist jetzt schwer zu sagen; aber damals war ich damit zufrieden. Übrigens ist das ja zum Teil auch jetzt der Fall. Besonders angenehm und lebhaft waren die Träumereien, die mir nach meinen Ausschweifungen in den Sinn kamen; sie waren mit Reue und Tränen, mit Selbstverwünschungen und einem Gefühle des Entzückens verbunden. Es gab dabei Augenblicke einer so völligen Berauschtheit, einer solchen Glücksempfindung, daß nicht der geringste Spott sich in mir regte, wahrhaftig nicht. Glaube, Hoffnung und Liebe waren in meiner Seele vorhanden. Das war es ja eben, daß ich damals blind glaubte, durch irgendein Wunder, durch irgendein äußeres Ereignis werde dies alles sich plötzlich auseinanderschieben, einen weiten Zwischenraum freimachen, und es werde sich mir auf einmal ein Ausblick auf eine meiner Persönlichkeit entsprechende Tätigkeit darbieten, auf eine segensreiche, schöne und vor allen Dingen völlig bereitstehende Tätigkeit (was für eine genauer, das wußte ich niemals; aber vor allen Dingen war es eine völlig bereitstehende), und da würde ich auf einmal in die Welt hinaustreten, beinah auf einem weißen Rosse und mit einem Lorbeerkranze. Für eine Rolle zweiten Ranges hatte ich überhaupt kein Verständnis, und gerade dies war der Grund, weshalb ich in Wirklichkeit mit größter Seelenruhe die letzte Rolle spielte. Entweder ein Held sein oder im Schmutze liegen; ein

Mittelding gab es für mich nicht. Eben dies war es auch, was mich verdarb; denn im Schmutze tröstete ich mich damit, daß ich zu anderer Zeit ein Held war; der Held aber verdeckte mit seiner Persönlichkeit den Schmutz. »Für einen gewöhnlichen Menschen«, sagte ich mir, »ist es eine Schande, sich zu beschmutzen; aber ein Held steht zu hoch, um ganz im Schmutze zu versinken; folglich kann er sich ruhig beschmutzen.« Es ist beachtenswert, daß diese Gedanken an »alles Schöne und Erhabene« mir auch während der Ausschweifung in den Sinn kamen, und zwar gerade dann, wenn ich mich bereits auf dem tiefsten Grunde derselben befand; sie kamen von ungefähr, in einzelnen Stößen, als ob sie sich in Erinnerung bringen wollten, vereitelten aber durch ihr Erscheinen die Ausschweifung nicht; vielmehr belebten sie sie gewissermaßen durch den Kontrast und stellten sich genau in dem Quantum ein, das zu einer guten Sauce erforderlich war. Diese Sauce bestand aus Widersprüchen und Leiden, aus qualvoller innerer Selbstprüfung, und alle diese großen und kleinen Qualen verliehen meiner Ausschweifung eine Art von pikantem Geschmack, ja sogar einen gewissen Sinn – kurz, sie erfüllten vollkommen die Pflicht einer guten Sauce. Alles dies ermangelte nicht einmal einer gewissen Tiefe. Und hätte ich mich denn auch zu einer einfachen, gemeinen, direkten, schreiberhaften Ausschweifung verstehen und an mir all diesen Schmutz ertragen können? Was hätte mich denn damals an diesem Schmutze reizen und nachts auf die Straße locken können? Nein, ich hatte für alles ein edles Schlupfloch.

Aber wieviel Liebe, o Gott, wieviel Liebe erlebte ich manchmal in diesen meinen Träumereien, wenn ich mich »in das Schöne und Erhabene rettete«; wenn es auch ein phantastische Liebe war und wenn sie auch niemals auf etwas Menschliches in Wirklichkeit angewendet wurde, so war diese Liebe doch in einer solchen Fülle vorhanden, daß sich später in Wirklichkeit gar kein Bedürfnis fühlbar machte, sie darauf anzuwenden: Das wäre ein überflüssiger Luxus gewesen. Alles endete übrigens immer in glücklichster Weise mit einem trägen, berauschenden Übergange zur Kunst, das heißt zu den schönen Formen des Daseins, vollständig gebrauchsfertigen Formen, die vorwiegend den Dichtern und Romanschriftstellern gestohlen und allen möglichen Verwendungen und Anforderungen angepaßt waren. Ich triumphiere zum Beispiel über alle; alle liegen selbstverständlich vor mir im Staube und sehen sich genötigt, freiwillig alle meine vorzüglichen Eigenschaften anzuerkennen; ich aber verzeihe ihnen allen. Ich bin ein berühmter Dichter und Kammerherr und verliebe mich; ich nehme zahllose Millionen ein und verwende sie unverzüglich zum Besten des Menschengeschlechtes, und gleichzeitig beichte ich vor allem Volke meine Laster, die selbstverständlich nicht einfach Laster sind, sondern außerordentlich viel »Schönes und Erhabenes« in sich schließen, so etwas Manfredartiges. Alle weinen und küssen mich (sonst wären sie ja auch geradezu Holzklötze); ich aber gehe barfuß und hungrig von dannen, um neue Ideen zu predigen, und schlage die Reaktionäre bei Austerlitz. Dann wird ein Marsch gespielt; eine Amnestie wird erlassen; der Papst willigt ein, von Rom nach Brasilien überzusiedeln; darauf Ball für ganz Italien in der Villa Borghese, die am Ufer des Comersees liegt, da der Comersee expreß für dieses Fest nach Rom verlegt worden ist; dann eine Szene im Gebüsch, und so weiter und so weiter – Sie kennen das ja alles! Sie werden sagen, es sei gemein und unwürdig, das alles jetzt auf den Markt zu bringen, nach so häufigem Wonnerausche und so vielen Tränen, die ich selbst eingestanden habe. Aber warum soll das unwürdig sein? Glauben Sie denn, daß ich mich jetzt alles dessen schäme und daß das alles dümmer ist als irgend etwas aus Ihrem Leben, meine Herren? Und überdies können Sie mir glauben, daß ich dieses und jenes gar nicht so übel erdichtet hatte. Es begab sich doch nicht alles am Comersee. Indessen, Sie haben recht; es ist wirklich gemein und unwürdig. Aber am unwürdigsten ist es, daß ich jetzt angefangen habe, mich vor Ihnen zu rechtfertigen. Und noch unwürdiger ist es, daß ich jetzt diese Bemerkung mache. Aber nun genug; sonst kommen wir ja nie zu Ende: Eines würde immer unwürdiger sein als das andere.

Länger als drei Monate hintereinander war ich aber schlechterdings nicht imstande, so zu träumen, und verspürte dann ein unabweisbares Bedürfnis, mich in die Gesellschaft der Menschen zu stürzen. Mich in die Gesellschaft der Menschen zu stürzen, das bedeutete bei mir, meinen Tischvorsteher Anton Antonowitsch Setotschkin besuchen. Dies war mein einziger ständiger Bekannter in meinem ganzen Leben, und ich wundere mich jetzt sogar selbst über diese Tatsache. Aber auch zu ihm ging ich nur dann, wenn die entsprechende Periode herangekommen war und meine Träumereien mich in eine solche glückselige Stimmung versetzt hatten, daß ich unbedingt und unverzüglich Menschen und die ganze Menschheit umarmen mußte; zu diesem Zwecke aber war es erforderlich, wenigstens *einen* wirklich zu wahrhaftig existierenden Menschen zu haben. Zu Anton Antonowitsch mußte man übrigens dienstags kommen (das war sein jour fixe), und somit mußte ich auch das Bedürfnis, die ganze Menschheit zu umarmen, immer auf den Dienstag verschieben. Wohnen tat dieser Anton Antonowitsch bei den Fünf Ecken, im vierten Stockwerk, in vier niedrigen, winzigen Zimmerchen, deren Einrichtung den Eindruck großer Sparsamkeit machte. Bei ihm wohnten seine beiden Töchter und deren Tante, die immer das Teeeingießen besorgte. Von den Töchtern war die eine dreizehn, die andre vierzehn Jahre alt; beide hatten Stupsnäschen, und ich war in ihrer Gegenwart immer schrecklich verlegen, weil sie fortwährend miteinander flüsterten und kicherten. Der Hausherr saß gewöhnlich in seinem Zimmer auf einem Ledersofa am Tische und bei ihm irgendein bejahrter Besucher, ein Beamter aus unserem oder auch aus einem fremden Ressort. Mehr als zwei oder drei Besucher, und zwar immer ein- und dieselben, habe ich dort nie gesehen. Man sprach über die Akzise, über die Submissionen im Senat, über die Gehälter, über Beförderungen, über Seine Exzellenz, über die Mittel, sich beliebt zu machen, und so weiter und so weiter. Ich hatte die Geduld, neben diesen Leuten wie ein Dummkopf oft vier Stunden lang zu sitzen, ohne daß ich selbst gewagt oder verstanden hätte, über irgendein Thema mit ihnen ein

Gespräch zu führen. Ich wurde dabei ganz stumpfsinnig, begann manchmal zu schwitzen und befürchtete einen Schlaganfall; aber doch waren diese Besuche gut und nützlich. Nach Hause zurückgekehrt, verschob ich die Ausführung meiner Absicht, die ganze Menschheit zu umarmen, auf eine etwas spätere Zeit.

Übrigens hatte ich noch einen, wenn man's so nennen will, Bekannten, einen gewissen Simonow, einen früheren Schulkameraden von mir. Schulkameraden hatte ich allerdings auch sonst noch viele in Petersburg; aber ich verkehrte nicht mit ihnen und hatte sogar aufgehört, sie auf der Straße zu grüßen. Vielleicht hatte ich auch bei meinem Übergange in ein anderes Dienstressort die Absicht verfolgt, nicht mit ihnen zusammenzusein und ein für allemal unter meine ganze verhaßte Kindheit einen Strich zu machen. Verflucht sei diese Schule und diese schrecklichen Gefängnisjahre! Kurz, mit meinen Kameraden war ich sofort auseinandergekommen, als ich in die Freiheit hinausgetreten war. Es waren nur zwei oder drei übriggeblieben, mit denen ich mich noch grüßte, wenn wir uns begegneten. Zu diesen gehörte auch Simonow, der sich bei uns in der Schule durch nichts ausgezeichnet und still und gleichmäßig gelebt hatte; aber ich hatte an ihm eine gewisse Selbständigkeit des Charakters und sogar eine ehrenhafte Gesinnung wahrgenommen. Ich glaube nicht einmal, daß er besonders beschränkt war. Zu einer gewissen Zeit hatten er und ich recht heitere Augenblicke miteinander verlebt; aber diese hatten keine längere Fortsetzung gefunden: Es hatte sich auf einmal gleichsam ein Nebel darüber hingebreitet. Ihm waren diese Erinnerungen anscheinend peinlich, und ich glaube, er fürchtete immer, ich könnte in den früheren Ton verfallen. Ich argwöhnte, daß ich ihm sehr zuwider sei; aber dennoch ging ich zu ihm, da ich davon nicht sicher überzeugt war.

Einmal an einem Donnerstage konnte ich meine Einsamkeit nicht ertragen; ich wußte aber, daß donnerstags Anton Antonowitschs Tür verschlossen war, und da kam mir der Gedanke an Simonow. Als ich zu ihm zum vierten Stock hinaufstieg, sagte ich mir ausdrücklich, daß dieser Herr sich durch meinen Besuch belästigt fühlen werde, und daß ich nicht gut daran täte, zu ihm zu gehen. Aber da es bei mir immer damit endete, daß solche Überlegungen mich erst recht dazu aufstachelten, mich in eine mißliche Lage zu begeben, so ging ich doch zu ihm hinein. Es war fast ein Jahr her, daß ich ihn zum letzten Male gesehen hatte.

III

Ich traf bei ihm noch zwei meiner Schulkameraden. Sie redeten, wie es schien, über eine wichtige Angelegenheit. Meinem Eintritt schenkte keiner von ihnen merkliche Beachtung, was recht seltsam war, da wir uns schon seit Jahren nicht gesehen hatten. Offenbar hielten sie mich sozusagen für eine gewöhnliche Fliege. So hatten sie mich nicht einmal in der Schule behandelt, obgleich mich dort alle gehaßt hatten. Ich begriff natürlich, daß sie mich jetzt verachten mußten: wegen meines Mißerfolges in der dienstlichen Laufbahn, und weil ich schon sehr heruntergekommen war und in schlechten Kleidern ging und so weiter, was in ihren Augen ein Beweis meiner Unfähigkeit und Geringwertigkeit war. Aber eine so weitgehende Verachtung hatte ich doch nicht erwartet. Simonow brachte sogar seine Verwunderung über mein Kommen zum Ausdruck. Alles dies machte mich stutzig; ich setzte mich einigermaßen verstimmt hin und hörte zu, wovon sie sprachen.

Das ernste und sogar erregte Gespräch drehte sich um ein Abschiedsdiner, das diese Herren gemeinsam gleich am folgenden Tage ihrem Kameraden Swerkow, einem aktiven Offizier, vor seiner Versetzung nach einem fernen Gouvernement geben wollten. Monsieur Swerkow war die ganze Zeit über auch mein Schulkamerad gewesen. In den oberen Klassen hatte ich ihn besonders stark zu hassen begonnen. In den unteren Klassen war er nur ein netter, ausgelassener Junge gewesen, den alle gern hatten. Ich hatte ihn übrigens auch schon in den unteren Klassen gehaßt, und zwar gerade, weil er ein netter, ausgelassener Junge war. Er lernte immer nur schlecht, und je länger, um so schlechter; indessen machte er das Gymnasium doch glücklich durch, weil er gute Protektion hatte. In seinem letzten Jahre auf unserer Schule fiel ihm eine Erbschaft zu, zweihundert Seelen, und da bei uns fast alle arm waren, so begann er uns gegenüber großzutun. Er war ein im höchsten Grade fader Mensch, aber doch ein guter Junge, sogar dann, wenn er großtat. Bei uns aber scherwenzelten, trotz der äußerlichen, phantastischen und phrasenhaften Regeln über Ehre und Ehrenpunkt, doch alle mit Ausnahme sehr weniger um Swerkow herum, und um so mehr, je ärger er großtat. Und nicht um irgendwelches Vorteils willen erniedrigten sie sich so, sondern lediglich weil die Natur ihn mit ihren Gaben begünstigt hatte. Außerdem war es bei uns herkömmlich geworden, Swerkow für einen Matador auf dem Gebiete der Lebensgewandtheit und der guten Manieren zu halten. Das letztere ärgerte mich ganz besonders. Ich haßte den ausgelassenen, selbstbewußten Klang seiner Stimme, die Bewunderung seiner eigenen Witze, die meist schrecklich dumm ausfielen, obwohl er nicht auf das Maul gefallen war; ich haßte sein hüsches, aber ein bißchen dummes Gesicht (das ich übrigens gern gegen mein »kluges« eingetauscht hätte) und sein ungeniertes Benehmen, bei dem ihm die Offiziere der vierziger Jahre als Vorbilder dienten. Ich haßte es, daß er von seinen künftigen Erfolgen bei den Frauen erzählte (er wollte nicht eher mit den Frauen anfangen, als bis er die Offiziersepauletten haben würde, und wartete auf sie mit Ungeduld) und davon, wie er sich alle Augenblicke duellieren werde. Ich erinnere mich, wie ich, der ich sonst immer schweigsam war, mit ihm heftig zusammengeriet, als er einmal in der Freizeit mit den Kameraden über seine künftigen Liebschaften sprach und schließlich, wohlig wie ein junger Hund in der Sonne, erklärte, er werde kein einziges Bauernmädchen auf seinem Gute in Ruhe lassen; das sei das droit de seigneur; und wenn die Bauern sich erkühnen sollten, dagegen Einspruch zu erheben, so werde er sie alle durchpeitschen lassen und ihnen allen, diesen bärtigen Kanaillen, die doppelte Abgabe auferlegen. Unsere Knechtsseelen applaudierten ihm; ich aber geriet mit ihm in einen heftigen Streit, und zwar durchaus nicht aus Mitleid mit den Mädchen und ihren Vätern, sondern einfach, weil ein solcher Molch solchen Beifall fand. Ich trug damals den Sieg davon; aber Swerkow war trotz seiner Dummheit ein lustiger, dreister Patron; so zog er sich denn mit Lachen aus der Affäre, sogar so, daß ich, die Wahrheit zu sagen, nicht vollständig den Sieg davontrug: Die Lacher blieben auf seiner Seite. Er trumpfte mich später noch einige Male ab, aber ohne Bosheit, sondern bloß so im Scherz, en passant, mit lachendem Munde. Aus Ärger und Geringschätzung gab ich ihm keine Antwort. Nachdem wir das Gymnasium verlassen hatten, machte er den Versuch einer Annäherung an mich; ich widerstrebte nicht sonderlich, weil mir das schmeichelte; aber es war nur natürlich, daß wir bald wieder auseinanderkamen. Dann hörte ich von seinen Leutnantserfolgen und von dem flotten Leben, das er führte. Dann gelangten andere Gerüchte zu meiner Kenntnis: daß er im Dienste gut vorwärts komme. Auf der Straße grüßte er mich nicht mehr, und ich vermutete, daß er fürchtete, sich zu kompromittieren, wenn er mit einer so unbedeutenden Persönlichkeit wie mir einen Gruß wechsele. Einmal sah ich ihn auch im Theater, im dritten Rang; er hatte schon die Achselschnüre. Er machte den Töchtern eines alten Generals die Cour und benahm sich gegen sie äußerst betulich. In den drei Jahren hatte sein Äußeres sehr verloren, wiewohl er immer noch wie früher ein ganz hübscher, gewandter Mensch war; aber er war gleichsam aufgegangen und fing an, fett zu werden; es war deutlich, daß er im Alter von dreißig Jahren ein vollständig aufgedunsenes Gesicht haben werde. Also diesem Swerkow wollten unsere Kameraden vor seiner Abreise ein Diner geben. Sie hatten während dieser ganzen drei Jahre ununterbrochen mit ihm verkehrt, obgleich sie selbst innerlich nicht der Ansicht waren, daß sie mit ihm auf gleicher Stufe ständen; davon bin ich überzeugt.

Von Simonows beiden Gästen war der eine ein Deutschrusse namens Ferfitschkin, ein Mensch von kleiner Statur mit einem Affengesichte, ein Dummkopf, der sich über alle lustig machte, mein ärgster Feind schon von den untersten Klassen an, gemein, dreist, ein Renommist, der das empfindlichste Ehrgefühl fingierte, obwohl er natürlich im Grunde seines Herzens ein Feigling war. Er gehörte zu denjenigen Verehrern Swerkows, die ihm in bestimmter Absicht schmeichelten und oft Geld von ihm borgten. Simonows anderer Gast, Trudoljubow, war keine bemerkenswerte Persönlichkeit, Militär, hochgewachsen, mit einem kalten Gesichtsausdrucke, ziemlich ehrenhaft, aber bereit, sich vor jedem Erfolge zu beugen; reden konnte er über nichts als über das Avancement. Mit Swerkow war er irgendwie entfernt verwandt, und dies hatte ihm auf der Schule dummerweise unter uns zu einem gewissen Ansehen verholfen. Mich hatte er die ganze Zeit über sehr gering eingeschätzt; benommen hatte er sich gegen mich wenn auch nicht gerade höflich, so doch leidlich.

»Nun gut, also jeder gibt sieben Rubel«, sagte Trudoljubow; »wir sind unser drei, das macht einundzwanzig Rubel; dafür kann man ganz gut dinieren. Swerkow bezahlt natürlich nicht.«

»Selbstverständlich nicht, wenn wir ihn doch einladen«, erwiderte Simonow.

»Glaubt ihr wirklich«, warf Ferfitschkin hitzig in hochmütigem Tone dazwischen, wie ein frecher Lakai, der mit den Orden seines Generals prahlt, »glaubt ihr wirklich, daß Swerkow uns allein bezahlen lassen wird? Er wird es aus Zartgefühl annehmen, aber dafür seinerseits ein halbes Dutzend ponieren.«

»Na, ein halbes Dutzend für uns vier, das ist doch etwas zu viel«, bemerkte Trudoljubow, der nur das halbe Dutzend beachtet hatte.

»Also wir drei, mit Swerkow vier, einundzwanzig Rubel, im Hotel de Paris, morgen um fünf Uhr«, sagte Simonow abschließend, den sie zum Arrangeur gewählt hatten.

»Wieso einundzwanzig?« sagte ich in etwas erregtem Tone, wobei ich mir sogar den Anschein gab, als ob ich mich gekränkt fühlte; »wenn Sie mich mitzählen, kommen nicht einundzwanzig Rubel heraus, sondern achtundzwanzig.«

Ich hatte die Vorstellung, wenn ich mich so plötzlich und unerwartet anböte, würde sich das sehr hübsch machen und ihnen allen sofort stark imponieren, und sie würden dann Respekt vor mir bekommen.

»Wollen Sie sich denn auch daran beteiligen?« fragte Simonow mißvergnügt, wobei er es vermied, mich anzusehen. Er kannte mich auswendig.

Es ärgerte mich wütend, daß er mich auswendig kannte.

»Warum denn nicht? Ich bin ja, möchte ich meinen, ebenfalls ein Schulkamerad von ihm, und ich muß gestehen, es ist mir sogar kränkend, daß Sie mich nicht hinzugezogen haben«, sprudelte ich wieder heraus.

»Aber wo hätten wir Sie suchen sollen?« mischte sich Ferfitschkin grob ein.

»Sie haben sich doch immer mit Swerkow schlecht gestanden«, fügte Trudoljubow mit finsterer Miene hinzu. Aber ich hatte mich nun einmal engagiert und ließ nicht mehr davon ab.

»Mir scheint, daß darüber zu urteilen niemand berechtigt ist«, erwiderte ich; die Stimme bebte mir, als ob Gott weiß was passiert wäre. »Vielleicht will ich es jetzt gerade deswegen, weil ich mich früher mit ihm schlecht gestanden habe.«

»Na, wer kann aus Ihnen klug werden... solche Verstiegenheiten!« bemerkte Trudoljubow lächelnd.

»Wir nehmen Ihre Anmeldung an«, entschied Simonow, zu mir gewendet. »Morgen um fünf Uhr im Hotel de Paris; keine Mißverständnisse!«

»Wie ist's mit dem Gelde?« begann Ferfitschkin halblaut zu Simonow, indem er mit dem Kopfe nach mir hindeutete; aber er verstummte dann, da auch Simonow verlegen wurde.

»Nun genug«, sagte Trudoljubow und stand auf. »Wenn er so große Lust hat, mag er kommen.«

»Aber wir bilden doch einen geschlossenen Freundeskreis«, bemerkte Ferfitschkin boshaft und griff ebenfalls nach seinem Hute. »Das ist keine offizielle Zusammenkunft. Vielleicht wollen wir Sie gar nicht haben...«

Sie gingen weg; Ferfitschkin grüßte mich beim Hinausgehen

überhaupt nicht; Trudoljubow nickte kaum mit dem Kopfe, ohne mich anzusehen. Simonow, mit dem ich allein zurückblieb, war verwundert und verdrießlich und sah mich in sonderbarer Manier an. Er setzte sich nicht hin und lud mich nicht zum Sitzen ein.

»Hm!... Ja... also morgen. Wollen Sie das Geld gleich jetzt bezahlen? Ich sage es nur, um es genau zu wissen«, murmelte er verlegen.

Ich fuhr auf; aber dabei fiel mir ein, daß ich Simonow seit undenklichen Zeiten fünfzehn Rubel schuldete; ich hatte das allerdings nie vergessen gehabt, aber ihm das Geld nie zurückgegeben.

»Sie müssen sich selbst sagen, Simonow, daß ich das nicht vorherwissen konnte, als ich herkam... es ist mir sehr verdrießlich, daß ich vergessen habe, mir Geld einzustecken.«

»Gut, gut, es ist ja ganz gleich. Dann bezahlen Sie morgen nach dem Diner. Ich fragte ja nur, um zu wissen... Haben Sie die Güte...«

Er verstummte und begann mit noch gesteigertem Ärger im Zimmer auf und ab zu gehen. Dabei trat er mit den Hacken auf und stampfte stark.

»Ich halte Sie doch von nichts ab?« fragte ich nach einem Stillschweigen, das wohl zwei Minuten gedauert hatte.

»O nein!« erwiderte er, plötzlich zusammenfahrend; »das heißt, die Wahrheit zu sagen: ja. Sehen Sie, ich hatte noch einen notwendigen Gang vor... Hier in der Nähe...« fügte er im Tone der Entschuldigung hinzu; er schämte sich einigermaßen.

»Ach, mein Gott! Aber warum sagen Sie das denn nicht?« rief ich und griff nach meiner Mütze; übrigens zeigte ich dabei eine erstaunliche Ungeniertheit; Gott weiß, woher ich die auf einmal hatte.

»Es ist ja nicht weit... nur zwei Schritte von hier...« wiederholte Simonow, als er mich mit einer geschäftigen Miene, die ihm gar nicht gut stand, bis ins Vorzimmer begleitete. »Also morgen Punkt fünf Uhr!« rief er mir auf die Treppe nach; er war höchst zufrieden, daß ich wegging. Ich aber war wütend.

»Mußte mich der Teufel plagen, mich da hineinzumischen!« rief ich zähneknirschend, während ich auf der Straße dahinschritt. »Und wegen dieses Swerkow, eines solchen Schuftes und Schweinehundes! Natürlich brauche ich nicht hinzugehen; natürlich pfeife ich auf die ganze Geschichte; bin ich denn etwa gebunden, wie? Morgen werde ich Simonow durch die Stadtpost benachrichtigen...«
Aber eben darum war ich so wütend, weil ich genau wußte, daß ich doch hingehen würde, daß ich nun gerade hingehen würde, daß ich, je taktloser und unpassender mein Hingehen war, um so sicherer hingehen würde.
Und dabei hatte ich einen positiven Hinderungsgrund: Ich hatte kein Geld. Alles in allem hatte ich nur neun Rubel zu Hause liegen. Aber davon mußte ich gleich morgen sieben als Monatslohn meinem Diener Apollon auszahlen, der bei mir wohnte, für seine Dienste sieben Rubel empfing, sich aber selbst beköstigte.
Ihm den Lohn nicht auszuzahlen, war in Anbetracht des Charakters dieses Apollon ein Ding der Unmöglichkeit. Aber von dieser Kanaille, von diesem Krebsschaden an meinem Leibe werde ich noch weiter unten reden.
Indessen wußte ich ja vorher, daß ich ihm seinen Lohn doch nicht geben, sondern unter allen Umständen zu dem Diner gehen würde.
In dieser Nacht träumte ich das häßlichste Zeug. Und das war kein Wunder: Den ganzen Abend über hatten mich die Erinnerungen an die Gefängniszeit meines Schullebens gepeinigt, und ich hatte mich ihrer nicht erwehren können. In diese Schule hatten mich entfernte Verwandte von mir gegeben, von denen ich abhing und von denen ich bis dahin keinerlei Kenntnis gehabt hatte; ich war eine Waise, durch ihre Vorwürfe ganz verschüchtert, schwieg am liebsten, fing aber schon an, nachzudenken und scheu alles zu beobachten. Meine Kameraden empfingen mich mit boshaften, erbarmungslosen Spöttereien, weil ich mit ihnen allen so gar keine Ähnlichkeit hatte. Aber ich konnte diese Spöttereien nicht ertragen; ich konnte mich mit ihnen nicht so leicht einleben, wie sie sich miteinander eingelebt hatten. Ich warf so-

gleich einen Haß auf sie und schloß mich in schreckhaftem, leicht verwundbarem, maßlosem Stolze von ihnen allen ab. Ihr rohes Wesen versetzte mich in Empörung. Sie lachten offen und unverschämt über mein Gesicht, über meine ungeschickte Gestalt; und dabei, was hatten sie selbst für dumme Gesichter! In unserer Schule wandelte sich der Ausdruck der Gesichter in einer eigentümlichen Weise um und wurde dümmer. Wie viele schöne Kinder traten bei uns ein: Aber nach einigen Jahren war es einem widerwärtig, sie auch nur anzusehen. Schon mit sechzehn Jahren waren sie der Gegenstand meines Erstaunens und meiner Abneigung; schon damals setzten mich die Kleinlichkeit ihrer Denkweise und die Dummheit ihrer Beschäftigungen, Spiele und Gespräche in Verwunderung. Für die wichtigsten Dinge hatten sie so wenig Verständnis, für die merkwürdigsten, auffallendsten Gegenstände so wenig Interesse, daß ich unwillkürlich zu der Ansicht gelangte, sie ständen weit unter mir. Es war nicht verletzte Eitelkeit, was mich so denken ließ, und kommen Sie mir um Gottes willen nicht mit den bis zum Ekel durchgekauten herkömmlichen Phrasen: ich hätte in einer Traumwelt gelebt; sie aber hätten auch damals schon Verständnis für das wirkliche Leben gehabt. Für nichts hatten sie Verständnis, für kein wirkliches Leben, und ich versichere Ihnen, eben das war es, was mich am meisten gegen sie aufbrachte. Vielmehr faßten sie die offenkundigste, augenfälligste Wirklichkeit in einer phantastisch dummen Weise auf und gewöhnten sich schon damals, nur vor dem Erfolge Respekt zu haben. Alles, was recht und gut, aber erniedrigt und gedemütigt war, darüber machten sie sich in grausamer, schmählicher Weise lustig. Hohen Rang hielten sie für Verstand; schon mit sechzehn Jahren redeten sie von behaglichen Stellungen. Allerdings kam vieles davon von ihrer Dummheit her und von den schlechten Beispielen, von denen sie in ihrer Kindheit und in der Zeit des Heranwachsens beständig umgeben gewesen waren. Unsittlich waren sie in einem ungeheuerlichen Grade. Selbstverständlich war auch hierbei das meiste nur äußerlich angenommen, nur künstlicher Zynismus; selbstverständlich schimmerten auch bei ihnen die Jugendlichkeit und eine gewisse Frische sogar durch die Unsittlichkeit hindurch; aber selbst die Frische hatte bei ihnen nichts Anziehendes und äußerte sich in einer Art von Dreistigkeit. Ich haßte sie gewaltig, obgleich ich vielleicht noch schlechter war als sie. Sie zahlten mir mit gleicher Münze und machten aus ihrer Abneigung gegen mich kein Hehl. Aber ich hatte auch gar kein Verlangen mehr nach ihrer Liebe; im Gegenteil, ich dürstete beständig danach, sie zu demütigen. Um ihren Spöttereien zu entgehen, begann ich absichtlich, möglichst gut zu lernen, und arbeitete mich zu den ersten Plätzen in die Höhe. Das imponierte ihnen. Zudem fingen sie alle allmählich an einzusehen, daß ich schon Bücher las, die sie nicht lesen konnten, und Dinge verstand, die außerhalb des Rahmens unseres Schulunterrichtes lagen und von denen sie nie etwas gehört hatten. Verwunderung und Spott, das war die Stellung, die sie demgegenüber einnahmen; aber innerlich ordneten sie sich mir unter, um so mehr, da selbst die Lehrer in dieser Hinsicht mir ihre Aufmerksamkeit zuwandten. Die Spöttereien hörten auf; aber die Feindseligkeit dauerte fort, und es bildete sich ein kaltes, gespanntes Verhältnis heraus. Gegen das Ende meine Schulzeit hielt ich diesen Zustand selbst nicht mehr aus: Mit den Jahren hatte sich ein Bedürfnis nach Menschen, nach Freunden herausgebildet. Ich versuchte, mich einigen zu nähern; aber diese Annäherung kam immer gar zu unnatürlich heraus und hörte daher von selbst bald wieder auf. Einmal hatte ich wirklich einen Freund. Aber ich war bereits meinem ganzen Wesen nach ein Despot; ich wollte unbeschränkt über seine Seele herrschen; ich wollte ihm Verachtung gegen seine Umgebung einflößen; ich forderte von ihm einen stolzen, endgültigen Bruch mit dieser Umgebung. Ich ängstigte ihn mit meiner leidenschaftlichen Freundschaft; ich brachte ihn zu Tränen, zu Krämpfen; er war eine naive, hingebungsvolle Seele; aber als er sich mir ganz hingegeben hatte, fing ich sogleich an, ihn zu hassen, und stieß ihn von mir – gerade als ob ich ihn nur gebraucht hätte, um über ihn den Sieg davonzutragen, um ihn zu unterjochen. Aber über alle konnte ich nicht den

Sieg davontragen; mein Freund war, ebenso wie ich, keinem von ihnen ähnlich und bildete eine sehr seltene Ausnahme. Das erste, was ich nach meinem Austritt aus der Schule tat, war, diejenige dienstliche Laufbahn, für die meine Verwandten mich bestimmt hatten, zu verlassen, um alle Fäden zu zerreißen, die Vergangenheit zu verfluchen und ihre Asche in die Winde zu streuen... Und weiß der Teufel, warum ich nach alledem zu diesem Simonow hintrollte!...

Am andern Morgen sprang ich früh aus dem Bette, wie wenn das alles sogleich in Szene gehen würde. Aber ich glaubte, es werde an diesem Tage ganz bestimmt ein radikaler Umschwung in meinem Leben eintreten. Ob es von mangelnder Gewöhnung kam, aber mein ganzes Leben hindurch habe ich bei jedem äußeren, wenn auch ganz unbedeutenden Ereignisse immer die Vorstellung gehabt, daß nun sofort ein radikaler Umschwung in meinem Leben eintreten werde. Ich ging jedoch wie gewöhnlich in den Dienst, schlich mich aber zwei Stunden vor Bureauschluß fort nach Hause, um mich zurechtzumachen. Die Hauptsache, dachte ich, ist, daß ich nicht als erster hinkomme; sonst werden sie denken, ich hätte mich schon sehr darauf gefreut. Aber solcher Hauptsachen gab es Tausende, und alle regten sie mich dermaßen auf, daß ich ganz schwach wurde. Ich putzte mir eigenhändig meine Stiefel noch einmal; Apollon hätte sie um keinen Preis der Welt zweimal an einem Tage geputzt, da er fand, daß das nicht in der Ordnung sei. Ich putzte sie, nachdem ich die Bürsten heimlich aus dem Vorzimmer entwendet hatte, damit er es nicht merkte und mich dann verachtete. Darauf musterte ich eingehend meinen Anzug und fand, daß alles alt, abgerieben und abgetragen sei. Ich war in dieser Hinsicht schon gar zu nachlässig geworden. Meine Dienstuniform war allerdings in Ordnung; aber ich konnte doch nicht in der Dienstuniform an einem Diner teilnehmen. Aber die Hauptsache war, daß sich an den Beinkleidern, gerade an dem einen Knie, ein gewaltiger gelber Fleck befand. Ich ahnte, daß schon allein dieser Fleck mir neun Zehntel meiner persönlichen Würde rauben werde. Ich wußte auch, daß es sehr unwürdig war, so zu denken. »Aber jetzt handelt es sich nicht um das Denken; jetzt rückt das wirkliche Leben heran«, dachte ich und wurde ganz kleinmütig. Desgleichen wußte ich schon damals ganz genau, daß ich alle diese Dinge in einer ungeheuerlichen Weise übertrieb; aber was war zu machen? ich war nicht mehr imstande, mich zu beherrschen, und wurde vom Fieber geschüttelt. In voller Verzweiflung stellte ich mir alles im voraus vor: wie dieser »Schuft«, der Swerkow, mich von oben herab und kühl begrüßen, mit welcher stumpfsinnigen, durch nichts zu überwindenden Verachtung der dumme Trudoljubow mich ansehen, in einer wie häßlichen, dreisten Weise der nichtswürdige Ferfitschkin, um seinem Gönner Swerkow zu gefallen, über mich kichern, wie vorzüglich Simonow das alles im stillen verstehen und wie sehr er mich wegen meiner elenden Eitelkeit und meines unwürdigen Kleinmutes verachten werde, und vor allen Dingen: wie kläglich und alltäglich das alles sein werde, wie wenig dem höheren Stile der Literatur entsprechend! Gewiß, das beste wäre gewesen, überhaupt nicht hinzugehen. Aber das war nun schon völlig unmöglich; wenn es mich irgendwohin zog, dann konnte ich schlechterdings nicht widerstehen. Ich hätte mich nachher mein ganzes Leben lang gehöhnt: »Siehst du wohl, du hast Angst gehabt, hast vor dem wirklichen Leben Angst gehabt, hast Angst gehabt!« Vielmehr wünschte ich leidenschaftlich, diesem ganzen »Gesindel« zu zeigen, daß ich ganz und gar nicht ein solcher Feigling sei, wie ich selbst es von mir glaubte. Ja noch mehr: Gerade im stärksten Paroxysmus meines Feigheitsfiebers phantasierte ich davon, daß ich die Oberhand gewinnen, den Sieg davontragen, sie in Entzücken versetzen, sie zwingen würde, mich zu lieben, na, zum Beispiel »wegen meiner erhabenen Gedanken und wegen meines unzweifelhaften Esprits«. Ich sagte mir: »Sie werden Swerkow links liegen lassen; er wird abseits sitzen, schweigen und sich schämen; ich werde ihn einfach plattdrücken. Nachher werde ich mich meinetwegen wieder mit ihm versöhnen und mit ihm Brüderschaft trinken.« Aber am allerschmerzlichsten und kränkendsten war für mich dies, daß ich schon damals wußte, vollkommen und bestimmt wußte, daß mir in Wahrheit an alledem nichts lag, daß ich in Wahrheit überhaupt nicht den Wunsch hatte, sie plattzudrücken, zu unterwerfen, in Entzücken zu versetzen, und daß ich für dieses ganze Resultat, wenn mir seine Erreichung wirklich gelänge, keinen Groschen geben würde. O wie heiß bat ich Gott, daß dieser Tag recht schnell vorübergehen möchte! In unbeschreiblicher Beängstigung trat ich an das Fenster, öffnete die Luftscheibe und sah in den trüben Nebel des dicht herabfallenden nassen Schnees hinaus...

Endlich schlug meine jämmerliche kleine Wanduhr fünf. Ich ergriff meine Mütze, und indem ich mir Mühe gab, Apollon nicht anzusehen, der schon seit dem Morgen auf die Auszahlung seines Lohnes wartete, aber in seiner Dummheit davon nicht als erster anfangen wollte, schlüpfte ich an ihm vorbei aus der Tür und fuhr in einem Droschkenschlitten erster Klasse, den ich mir absichtlich für meinen letzten halben Rubel genommen hatte, wie ein vornehmer Herr nach dem Hotel de Paris.

IV

Ich hatte schon am vorhergehenden Abend gewußt, daß ich als erster ankommen würde. Aber darauf kam es mir jetzt gar nicht mehr an.

Von den andern war nicht nur noch niemand da, sondern ich hatte sogar Mühe, unser Zimmer zu finden. Der Tisch war noch nicht ganz fertig gedeckt. Was bedeutete das? Nach vielem Fragen erfuhr ich endlich von den Kellnern, daß das Diner zu sechs Uhr, nicht zu fünf, bestellt worden sei. Auch am Büfett wurde mir das bestätigt. Ich schämte mich sogar meiner Fragen. Es war erst fünfundzwanzig Minuten nach fünf. Wenn sie die Stunde umgeändert hatten, so wäre es jedenfalls ihre Pflicht gewesen, mich zu benachrichtigen, dazu ist die Stadtpost da; aber sie durften mich nicht in die Lage bringen, mich vor mir selbst... und auch vor den Kellnern schämen zu müssen. Ich setzte mich hin; ein Kell-

ner deckte den Tisch zu Ende; seine Gegenwart steigerte bei mir das Gefühl der Kränkung. Kurz vor sechs Uhr wurden zu den bereits brennenden Lampen noch Kerzen ins Zimmer gebracht. Es war dem Kellner aber gar nicht eingefallen, diese gleich nach meiner Ankunft hereinzubringen. In dem anstoßenden Zimmer dinierten an verschiedenen Tischen zwei schweigsame Gäste, welche finstere, ärgerliche Gesichter machten. In einem der weiter entfernt gelegenen Zimmer ging es sehr lärmend her; es wurde sogar geschrien; man hörte eine ganze Rotte Menschen lachen; auch häßliches französisches Gekreisch war vernehmbar: Es war ein Diner mit Damen. Kurz, es war mir sehr verdrießlich zumute. Selten hatte ich in meinem Leben unangenehmere Minuten durchgemacht, so daß ich, als sie Punkt sechs Uhr alle zusammen erschienen, mich im ersten Augenblick über sie wie über eine Art von Befreiern freute und beinahe vergessen hätte, daß ich gekränkt aussehen mußte.
Swerkow trat als erster von allen durch die Tür; offenbar räumten die andern ihm den Vorrang ein. Sowohl er wie die andern lachten; aber als Swerkow mich erblickte, nahm er eine würdevolle Haltung an, trat ohne Eile, sich in der Taille wie aus Koketterie etwas nach vorn biegend, an mich heran und reichte mir freundlich, aber nicht *sehr* freundlich, die Hand, mit einer Art von vorsichtiger, beinahe generalmäßiger Höflichkeit, wie wenn er beim Handgeben sich vor irgend etwas in acht nähme. Ich hatte ganz im Gegenteil geglaubt, er würde sogleich beim Eintritt in sein altes dünnes, kreischendes Lachen ausbrechen und gleich bei den ersten Worten anfangen, seine flachen Späße und Witzchen loszulassen. Darauf war ich seit dem vorhergehenden Abend gefaßt gewesen; aber in keiner Weise hatte ich ein solches Benehmen von oben herab, eine solche exzellenzenhafte Freundlichkeit erwartet. Also war er jetzt völlig der Ansicht, daß er in jeder Hinsicht unermeßlich weit über mir stehe? Wenn er nur die Absicht hätte, mich durch dieses generalmäßige Benehmen zu beleidigen, dann würde das noch nicht viel zu sagen haben, dachte ich; dann würde ich einfach ausspucken. Wie aber, wenn wirklich, ohne jede Ab-

sicht, mich zu beleidigen, sich in seinem Hammelkopfe die Vorstellung gebildet hatte, daß er unermeßlich hoch über mir stehe und sich überhaupt nicht anders als gönnerhaft gegen mich benehmen könne? Schon diese bloße Vermutung benahm mir den Atem.

»Ich habe mit Erstaunen von Ihrem Wunsche, an unserm Zusammensein teilzunehmen, gehört«, begann er lispelnd und zischend und die Worte reckend, was er früher nicht getan hatte. »Wir sind so sehr lange nicht mit Ihnen zusammengekommen. Sie meiden uns. Mit Unrecht. Wir sind nicht so schreckliche Menschen, wie Sie glauben. Nun, jedenfalls freue ich mich, unsere Bekanntschaft zu er-neuern...«

Er wendete sich lässig ab, um seinen Hut auf das Fensterbrett zu legen.

»Warten Sie schon lange?« fragte Trudoljubow.

»Ich bin Punkt fünf Uhr gekommen, wie es mir gestern gesagt wurde«, antwortete ich laut und in gereiztem Tone, der eine nahe Explosion erwarten ließ.

»Hast du ihm denn nicht mitgeteilt, daß wir die Stunde umgeändert haben?« wandte sich Trudoljubow an Simonow.

»Nein. Ich habe es vergessen«, erwiderte dieser, aber ohne jedes Bedauern, und ging, ohne sich auch nur bei mir zu entschuldigen, weg, um die kalten Vorspeisen zu bestellen.

»Also sind Sie schon eine Stunde hier? Ach, Sie Armer!« rief Swerkow spöttisch; denn nach seiner Auffassung mußte das wirklich furchtbar komisch gewesen sein. In sein Gelächter stimmte dann auch Ferfitschkin mit seiner niederträchtigen, hellen, dünnen Stimme ein, die wie das Gekläff eines Schoßhündchens klang. Auch ihm erschien meine Situation als eine sehr verlegene und komische.

»Das ist durchaus nicht lächerlich!« schrie ich Ferfitschkin an, da ich in immer größere Erregung geriet. »Nicht ich trage die Schuld, sondern andere, die es verabsäumt haben, mir Mitteilung zu machen. Das... das... das... ist einfach absurd.«

»Nicht nur absurd, sondern noch etwas Ärgeres«, brummte Trudoljubow, der sich in einer ungeschickten Weise meiner

annahm. »Sie sind gar zu gutmütig. Das ist geradezu eine Unhöflichkeit. Natürlich keine absichtliche. Wie hat Simonow nur... hm!«
»Wenn mir jemand einen solchen Streich gespielt hätte«, bemerkte Ferfitschkin, »dann hätte ich...«
»Ja, dann hätten Sie sich etwas zu essen und zu trinken bestellt«, unterbrach ihn Swerkow, »oder sich einfach, ohne zu warten, das Diner servieren lassen.«
»Sie werden zugeben müssen, daß ich das ohne weiteres hätte tun können«, sagte ich in scharfem Tone. »Wenn ich wartete, so...«
»Setzen wir uns, meine Herren!« rief der wieder eintretende Simonow. »Es ist alles bereit; für den Champagner übernehme ich jede Bürgschaft; er ist vorzüglich gekühlt... Ich wußte ja Ihre Wohnung nicht; wo hätte ich Sie da suchen sollen?« wandte er sich auf einmal an mich, aber wieder, ohne mich anzusehen. Offenbar war er gegen mich mißgestimmt; gewiß hatte er nach meinem Besuche vom vorhergehenden Tage über die Sache nachgedacht.
Alle setzten sich hin, auch ich. Der Tisch war rund. Zu meiner Linken saß Trudoljubow, zu meiner Rechten Simonow. Swerkow saß mir gegenüber, Ferfitschkin neben ihm, zwischen ihm und Trudoljubow.
»Sa-a-gen Sie mal, sind Sie... in einem Ministerialdepartement?« fuhr Swerkow fort, sich mit mir abzugeben. Da er sah, daß ich verdrießlich war, glaubte er allen Ernstes, er müsse gegen mich freundlich sein und mich sozusagen aufmuntern. »Was will der Mensch nur von mir?« dachte ich wütend. »Will er, daß ich ihm eine Weinflasche an den Kopf werfe?« Infolge mangelnder Gewöhnung geriet ich überaus schnell in eine gereizte Stimmung hinein.
»Nein, ich bin in der * * *-Kanzlei«, antwortete ich kurz und blickte dabei auf meinen Teller.
»Und... ge-fällt es Ihnen in Ihrer Stel-lung? Sa-agen Sie, was hat Sie ver-an-laßt, Ihre frühere Stellung aufzugeben?«
»Die Ver-an-las-sung war eben, daß ich meine frühere Stellung aufgeben wollte«, erwiderte ich und zog dabei die

Worte dreimal so arg in die Länge; denn ich konnte mich kaum noch beherrschen. Ferfitschkin prustete los. Simonow warf mir einen ironischen Blick zu; Trudoljubow hörte auf zu essen und betrachtete mich neugierig.

Swerkow krümmte sich ein wenig zusammen, tat aber so, als hätte er nichts bemerkt.

»Nu-u-un, und Ihr Lohn?«

»Was für ein Lohn?«

»Ich meine Ihr Ge-halt?«

»Aber wozu examinieren Sie mich so?«

Indessen sagte ich sogleich, wieviel Gehalt ich bekam. Ich war furchtbar rot geworden.

»Das ist nicht viel«, bemerkte Swerkow würdevoll.

»Ja, da kann man nicht in feinen Restaurants dinieren!« fügte Ferfitschkin frech hinzu.

»Meiner Ansicht nach ist das sogar geradezu ärmlich«, bemerkte Trudoljubow ernst.

»Und wie mager Sie geworden sind, wie Sie sich verändert haben ... seit jener Zeit ...« fügte Swerkow hinzu, nunmehr nicht ohne Bosheit, indem er mit einer Art von unverschämtem Mitleid mich und meinen Anzug musterte.

»Aber machen Sie ihn doch nicht ganz verlegen!« rief Ferfitschkin kichernd.

»Mein Herr, lassen Sie sich sagen, daß ich mich nicht verlegen machen lasse«, brach ich nun endlich los. »Hören Sie wohl? Ich diniere hier, ›in einem feinen Restaurant‹ für mein eigenes Geld, für mein eigenes und nicht für fremdes; merken Sie sich das, Monsieur Ferfitschkin!«

»Wie-ie? Wer diniert denn hier nicht für sein Geld? Sie reden, als ob ...« nahm Ferfitschkin den Kampf auf; er war krebsrot geworden und sah mir grimmig gerade in die Augen.

»Nun ja, nun ja!« antwortete ich, da ich fühlte, daß ich zu weit gegangen war; »und ich glaube, es wäre besser, wenn wir uns mit einem klügeren Gespräche unterhielten.«

»Sie beabsichtigen wohl, Ihren Verstand leuchten zu lassen?«

»Seien Sie unbesorgt; das wäre hier völlig überflüssig.«

»Aber Sie sind wohl ganz ins Gackern hineingekommen, mein Herr, wie? Haben Sie auch nicht in Ihrem Lepartement« (so!) »den Verstand verloren?«
»Genug, meine Herren, genug!« rief Swerkow im Tone des unbestrittenen Gebieters.
»Wie dumm das Gerede ist!« brummte Simonow.
»Wahrhaftig, es ist dumm; wir sind hier als eine Gesellschaft von Freunden zusammengekommen, um mit einem guten Freunde vor seiner Abreise eine Abschiedsfeier zu begehen, und da fangen Sie Streit an!« sagte Trudoljubow, sich in grobem Tone an mich allein wendend. »Sie haben sich uns gestern selbst aufgedrängt; stören Sie nun nicht die allgemeine Harmonie...«
»Genug, genug!« rief Swerkow. »Hören Sie auf, meine Herren; das schickt sich wirklich nicht. Da will ich Ihnen lieber erzählen, wie ich mich vorgestern beinahe verheiratet hätte...«
Und nun folgte eine satirische Erzählung, wie dieser Herr sich vor zwei Tagen beinahe verheiratet hätte. Von der Heirat sagte er übrigens kein Wort; aber in der Erzählung wimmelte es von Generälen, Obersten und sogar von Kammerjunkern, und Swerkow war unter ihnen fast die Hauptperson. Es erhob sich ein beifälliges Gelächter; Ferfitschkin kreischte sogar vor Vergnügen.
Alle ließen mich unbeachtet, und ich saß mundtot gemacht und gedemütigt da.
»Mein Gott, ist das eine Gesellschaft für mich!« dachte ich. »Und als was für einen Dummkopf habe ich mich ihnen gezeigt! Diesem Ferfitschkin habe ich aber doch zu viel erlaubt. Sie denken, die Tölpel, sie hätte mir eine Ehre damit erwiesen, daß sie mir einen Platz an ihrem Tische eingeräumt haben, und begreifen nicht, daß ich, ich es bin, der ihnen eine Ehre erweist, und nicht sie mir! ›Mager geworden! Anzug!‹ Ach, die verfluchten Hosen! Swerkow hat vorhin gleich den gelben Fleck an meinem Knie bemerkt... Aber was soll ich hier noch? Ich will sofort, diesen Augenblick vom Tische aufstehen, meinen Hut nehmen und einfach weggehen, ohne ein Wort zu sagen... Aus Verachtung!

Morgen aber kann ich sie ja meinetwegen zum Duell fordern. Die Schufte! Die sieben Rubel sollen mir nicht leid tun. Am Ende denken sie... Hol's der Teufel! Die sieben Rubel tun mir nicht leid! Diesen Augenblick gehe ich fort!...«
Natürlich blieb ich da.
Ich trank vor Verdruß Lafitte und Sherry, immer ganze Gläser voll. Da ich das nicht gewohnt war, wurde ich schnell betrunken, und mit der Trunkenheit wuchs auch mein Ärger. Ich bekam auf einmal Lust, sie alle in der dreistesten Weise zu beleidigen und dann sogleich wegzugehen. »Ich will den richtigen Augenblick abpassen und ihnen dann zeigen, wen sie vor sich haben; dann mögen sie sagen: ›Er ist zwar ein komischer, aber ein kluger Mensch‹,... und... und... kurz, hol sie der Teufel!«
Ich ließ meine trüb gewordenen Augen in frecher Manier bei ihnen allen herumgehen. Aber sie taten, als hätten sie mich vollständig vergessen. Bei ihnen war viel Lärm, Geschrei und Lustigkeit. Das Wort führte immer Swerkow. Ich begann zuzuhören. Swerkow erzählte von einer schönen, stolzen Dame, die er schließlich dahin gebracht habe, ihm ihre Liebe zu gestehen (natürlich log er pferdemäßig); besonders behilflich sei ihm bei dieser Affäre sein intimer Freund Kolja gewesen, ein Fürst, Husarenoffizier, Besitzer von dreitausend Seelen.
»Dabei existiert dieser Kolja, der Besitzer von dreitausend Seelen, überhaupt nicht; er schwindelt Ihnen etwas vor«, warf ich plötzlich dazwischen.
Eine kleine Weile waren alle stumm.
»Sie sind schon jetzt betrunken«, äußerte endlich Trudoljubow, indem er sich dazu herbeiließ, mich zu bemerken, und verächtlich einen schrägen Blick nach meiner Seite zu warf. Swerkow betrachtete mich schweigend wie einen merkwürdigen Käfer. Ich schlug die Augen nieder. Simonow goß mit möglichster Beschleunigung Champagner in die Gläser.
Trudoljubow hob sein Glas in die Höhe, und nach ihm taten dies alle, außer mir.
»Auf deine Gesundheit und auf eine glückliche Reise!« rief

er Swerkow zu. »Auf die alten Jahre unserer Freundschaft, meine Herren, und auf unsere Zukunft! Hurra!«
Alle tranken aus und drängten sich dann um Swerkow, um ihn zu küssen. Ich rührte mich nicht; das volle Glas stand vor mir, ohne daß ich es erhoben hätte.
»Werden Sie denn nicht trinken?« brüllte Trudoljubow, der die Geduld verloren hatte und sich drohend zu mir wandte.
»Ich will selbst einen Toast ausbringen, einen eigenen Toast... und dann werde ich austrinken, Herr Trudoljubow.«
»Ein gräßliches Subjekt!« brummte Simonow.
Ich richtete mich auf meinem Stuhle gerade und ergriff in fieberhafter Aufregung das Glas; ich bereitete mich darauf vor, etwa Ungewöhnliches zu sagen, wußte aber selbst noch nicht, was ich eigentlich sagen würde.
»Silence!« rief Ferfitschkin. »Jetzt kommt etwas Kluges!«
Swerkow wartete mit sehr ernster Miene; er begriff, wie die Sache stand.
»Herr Leutnant Swerkow«, begann ich, »lassen Sie sich sagen, daß ich die Phrasen und die Phrasenhelden und die geschnürten Taillen hasse... Das ist der erste Punkt; auf diesen folgt der zweite.«
Alle gerieten in unruhige Bewegung.
»Zweiter Punkt: Ich hasse die leichtfertigen Weiber und die Schürzenjäger. Und besonders die Schürzenjäger! Dritter Punkt: Ich liebe die Wahrheit und die Aufrichtigkeit und die Ehrenhaftigkeit«, fuhr ich fast mechanisch fort; denn ich selbst begann schon, vor Schreck starr zu werden, da ich gar nicht begriff, wie ich das alles so hinredete. »Ich liebe den Gedanken, Monsieur Swerkow; ich liebe die wahre Kameradschaftlichkeit auf gleichem Fuße, nicht... hm... Ich liebe... Indes, warum nicht? Auch ich werde auf Ihre Gesundheit trinken, Monsieur Swerkow. Verführen Sie Tscherkessinnen, erschießen Sie die Feinde des Vaterlandes, und... und... Auf Ihre Gesundheit, Monsieur Swerkow!«
Swerkow erhob sich von seinem Stuhle, machte mir eine Verbeugung und sagte: »Ich danke Ihnen sehr.«

Er war furchtbar beleidigt und war sogar ganz blaß geworden.
»Hol's der Teufel!« brüllte Trudoljubow und schlug mit der Faust auf den Tisch.
»Nein, für so etwas haut man einem eins in die Fresse!« kreischte Ferfitschkin.
»Hinausjagen muß man ihn!« brummte Simonow.
»Kein Wort, meine Herren, keine Gebärde!« rief Swerkow feierlich und hemmte dadurch die allgemeine Entrüstung. »Ich danke Ihnen allen; aber ich werde selbst verstehen, ihm zu zeigen, wie ich seine Worte schätze.«
»Herr Ferfitschkin, gleich morgen werden Sie mir Genugtuung für die soeben von Ihnen gesprochenen Worte geben!« sagte ich laut, mich würdevoll zu Ferfitschkin wendend.
»Sie meinen ein Duell? Wie es Ihnen beliebt«, antwortete dieser; aber wahrscheinlich kam meine Herausforderung so komisch heraus und paßte so wenig zu meiner Figur, daß alle, darunter zuletzt auch Ferfitschkin sich nur so schüttelten vor Lachen.
»Na, wir wollen uns nicht um ihn kümmern! Er ist ja schon vollständig betrunken!« sagte Trudoljubow mit einer Miene des Ekels.
»Ich werde es mir nie verzeihen, daß ich ihn habe teilnehmen lassen!« brummte Simonow wieder.
»Jetzt sollte ich ihnen allen ein paar Flaschen an die Köpfe werfen«, dachte ich, ergriff eine Flasche und... goß mir ein ganzes Glas ein.
»Nein, ich will lieber bis zum Schlusse sitzenbleiben!« dachte ich weiter. »Sie würden sich nur darüber freuen, meine Herren, wenn ich wegginge. Um keinen Preis. Ich werde absichtlich bis zum Schlusse sitzenbleiben und trinken, zum Zeichen meiner völligen Geringschätzung Ihrer Personen. Ich werde sitzenbleiben und trinken; denn hier ist eine Schenke, und ich bezahle mein Geld. Ich werde sitzenbleiben und trinken, weil ich Sie für Nullen erachte, für Menschen, die gar nicht existieren. Ich werde sitzenbleiben und trinken... und auch singen, wenn ich Lust habe, ja,

auch singen; denn dazu habe ich das Recht... zum Singen... hm!«

Aber ich sang nicht. Ich gab mir nur Mühe, keinen von ihnen anzusehen; ich nahm die ungeniertesten Haltungen ein und wartete mit Ungeduld auf den Moment, wo sie selbst, als erste, anfangen würden, mit mir zu sprechen. Aber leider fingen sie nicht an. Und wie sehr, wie sehr wünschte ich in diesem Augenblicke, mich mit ihnen zu versöhnen! Es schlug acht, endlich auch neun. Sie gingen vom Tische zum Sofa hinüber. Swerkow streckte sich auf das Polster hin und legte das eine Bein auf ein rundes Tischchen. Dorthin wurde auch der Wein gebracht. Er ponierte ihnen wirklich drei Flaschen. Mich lud er natürlich nicht dazu ein. Alle setzten sich um ihn, wie er da auf dem Sofa lag, herum. Sie hörten ihm beinah mit andächtiger Verehrung zu. Es war zu sehen, daß sie ihn wirklich gern hatten. »Warum nur? Warum nur?« dachte ich im stillen. Mitunter gerieten sie in einen trunkenen Enthusiasmus und küßten einander. Sie redeten vom Kaukasus und worin die wahre Leidenschaft bestehe und vom Galbik* und von vorteilhaften Dienststellen und wieviel Einkünfte der Husarenoffizier Podcharschewski habe, den keiner von ihnen persönlich kannte (sie freuten sich über die Höhe seiner Einkünfte), und über die außerordentliche Schönheit und Anmut der Fürstin D* * *a, die ebenfalls keiner von ihnen jemals gesehen hatte; zuletzt sprachen sie sich dahin aus, daß Shakespeare unsterblich sei.

Ich lächelte geringschätzig und ging auf der anderen Seite des Zimmers, dem Sofa gerade gegenüber, an der Wand entlang hin und her: vom Tische bis zum Ofen und wieder zurück. Ich wollte ihnen mit Gewalt zeigen, daß ich sie nicht nötig hätte; aber dabei trat ich absichtlich mit den Hacken auf und stampfte tüchtig. Aber es war alles vergeblich. Sie wandten mir keine Aufmerksamkeit zu. Ich hatte die Geduld, in dieser Weise gerade vor ihnen von acht bis elf Uhr auf und ab zu gehen, immer an ein und derselben Stelle: vom Tische bis zum Ofen und vom Ofen wieder bis zum Tische.

* Ein Kartenspiel (A. d. Ü.)

»Das ist nun eben so mein Wille, und niemand kann es mir verbieten.« Mehrmals blieb der Kellner, wenn er hereinkam, stehen, um nach mir hinzusehen; von dem häufigen Umwenden war mir der Kopf schwindlig; zeitweilig glaubte ich im Fieberdelirium befangen zu sein. Innerhalb dieser drei Stunden schwitzte ich dreimal und wurde dreimal wieder trocken. Manchmal drang mit tiefstem, ätzendem Schmerze in mein Herz der Gedanke ein, daß zehn Jahre, zwanzig Jahre, vierzig Jahre vergehen würden und ich immer noch, selbst noch nach vierzig Jahren, mit einem Gefühle des Ekels und der Scham an diese unwürdigsten, lächerlichsten und schrecklichsten Augenblicke meines ganzen Lebens zurückdenken würde. In einer gewissenloseren, freiwilligeren Weise sich selbst zu erniedrigen, war ein Ding der Unmöglichkeit; ich begriff das vollständig, jawohl, und fuhr dennoch fort, vom Tische bis zum Ofen und wieder zurück zu gehen. »Oh, wenn ihr nur wüßtet, welcher Gefühle und Gedanken ich fähig bin und welchen hohen Grad geistiger Entwicklung ich erreicht habe!« dachte ich in einzelnen Augenblicken, indem ich mich in Gedanken nach dem Sofa wandte, wo meine Feinde saßen. Aber meine Feinde benahmen sich so, als ob ich gar nicht im Zimmer wäre. Einmal, nur ein einziges Mal wandten sie sich zu mir, nämlich als Swerkow von Shakespeare zu reden anfing und ich plötzlich verächtlich auflachte. Ich prustete in einer so gemachten, häßlichen Weise los, daß sie alle mit einem Male ihr Gespräch unterbrachen und schweigend, ernsthaft und ohne zu lachen mich etwa zwei Minuten lang beobachteten, wie ich an der Wand hin und her ging, vom Tische bis zum Ofen, und »ihnen keinerlei Beachtung schenkte«. Aber weitere Folgen hatte das nicht: Sie redeten mich nicht an und kümmerten sich nach den zwei Minuten wieder nicht mehr um mich. Es schlug elf.

»Meine Herren!« rief Swerkow, sich vom Sofa erhebend. »Jetzt wollen wir alle *dorthin!*«

»Natürlich, natürlich!« antworteten die andern.

Ich drehte mich mit einer kurzen Wendung zu Swerkow hin. Ich war dermaßen zerbrochen und zermartert, daß ich diesen Zustand selbst um den Preis meines Lebens beenden mußte. Ich fieberte; meine vom Schweiße durchnäßten Haare waren an der Stirn und an den Schläfen festgetrocknet.

»Swerkow, ich bitte Sie um Verzeihung«, sagte ich in scharfem, entschlossenem Tone. »Ferfitschkin, und Sie auch, und Sie alle, Sie alle; ich habe Sie alle beleidigt!«

»Aha! Das Duell ist ihm doch unbehaglich!« zischelte Ferfitschkin boshaft.

Ich fühlte einen scharfen Schmerz am Herzen.

»Nein, ich fürchte mich nicht vor dem Duell, Ferfitschkin! Ich bin bereit, mich gleich morgen mit Ihnen zu duellieren, aber erst nach der Versöhnung. Ich bestehe sogar auf dem Duell, und Sie können es mir nicht abschlagen. Ich will Ihnen beweisen, daß ich mich nicht vor dem Duell fürchte. Sie sollen den ersten Schuß haben; ich aber werde in die Luft schießen.«

»Er will sich selbst trösten!« bemerkte Simonow.

»Er kneift einfach!« fügte Trudoljubow hinzu.

»So lassen Sie einen doch vorbeigehen; warum stellen Sie sich einem denn in den Weg?... Na, was wollen Sie noch?« fragte Swerkow verächtlich.

Sie hatten sämtlich rote Köpfe und ihre Augen glänzten: Sie hatten viel getrunken.

»Ich bitte Sie um Ihre Freundschaft, Swerkow; ich habe Sie beleidigt, aber...«

»Beleidigt? Sie mich? Lassen Sie sich sagen, mein Herr, daß Sie nie und unter keinen Umständen mich beleidigen können.«

»Nun haben wir uns aber lange genug mit Ihnen aufgehalten; scheren Sie sich weg!« fügte Trudoljubow hinzu. »Wir wollen fahren.«

»Aber Olimpija bekomme ich, meine Herren; das ist meine Bedingung!« rief Swerkow.

»Wir machen sie dir nicht streitig, nein, nein!« antworteten die andern lachend.

Ich stand blamiert da. Lärmend verließ die Rotte das Zimmer; Trudoljubow stimmte irgendein dummes Lied an. Si-

monow blieb noch einen Augenblick zurück, um den Kellnern ein Trinkgeld zu geben. Ich trat plötzlich an ihn heran.
»Simonow, geben Sie mir sechs Rubel!« sagte ich in entschlossenem, verzweifeltem Tone.
Er sah mich höchst erstaunt mit stumpfsinnigen Augen an. Auch er war betrunken.
»Wollen Sie denn etwa auch dorthin mit uns mit?«
»Ja.«
»Ich habe kein Geld!« antwortete er kurz, lächelte verächtlich und wollte aus dem Zimmer gehen.
Ich ergriff ihn am Mantel. Ich hatte eine Empfindung, als ob mich ein schwerer Traum bedrückte.
»Simonow, ich habe gesehen, daß Sie Geld haben; warum schlagen Sie es mir ab? Bin ich denn ein Schuft? Hüten Sie sich, es mir abzuschlagen: Wenn Sie wüßten, wenn Sie wüßten, zu welchem Zwecke ich Sie darum bitte! Es hängt davon alles ab, meine ganze Zukunft, alle meine Pläne...«
Simonow holte das Geld heraus und warf es mir beinahe hin.
»Nehmen Sie, wenn Sie sich nicht schämen!« sagte er mitleidlos und lief davon, um die andern einzuholen.
Ich blieb einen Augenblick allein. Unordnung, Speisereste, ein zerschlagenes Glas auf dem Fußboden, verschütteter Wein, Zigarettenstümpfe, Berauschtheit und Fieberhitze im Kopfe, quälendes Leid im Herzen und schießlich der Kellner, der alles mit angesehen und mit angehört hatte und mir nun neugierig ins Gesicht blickte.
»Dorthin!« rief ich. »Entweder werden sie alle vor mir auf die Knie fallen, meine Füße umfassen und mich um meine Freundschaft anflehen, oder... oder ich werde diesem Swerkow eine Ohrfeige geben!«

V

»Da ist er nun, da ist er nun endlich, der Zusammenstoß mit der Wirklichkeit!« murmelte ich, während ich Hals über Kopf die Treppe hinablief. »Das ist nun nicht mehr der Papst, der Rom verläßt und nach Brasilien übersiedelt; das ist nun nicht mehr der Ball am Comersee!«

»Ein Schuft bist du«, ging es mir durch den Kopf, »wenn du dich jetzt über diese Träumereien lustig machst.«

»Meinetwegen!« rief ich, mir selbst antwortend. »Jetzt ist ja doch schon alles verloren!«

Von denen war nichts mehr zu sehen und zu hören; aber das schadete nichts: Ich wußte, wohin sie gefahren waren.

Vor der Haustür stand nur eine einzige Nachtdroschke; der Kutscher, in seinem Kaftan von grobem Bauerntuch, war ganz weiß von dem immer noch fallenden nassen und sozusagen warmen Schnee. Die Luft war lau und schwül. Das kleine, zottige, scheckige Pferdchen war ebenfalls ganz beschneit und hustete; das habe ich noch deutlich in der Erinnerung. Ich sprang in den Schlitten; aber kaum hatte ich den Fuß hineingesetzt, um mich hinzusetzen, als bei der Erinnerung an die Art, wie Simonow mir soeben die sechs Rubel gegeben hatte, mir die Beine ganz schwach wurden und ich wie ein Sack auf den Sitz niedersank.

»Nein, da muß ich viel tun, um das alles wieder wettzumachen!« rief ich. »Aber ich werde es wieder wettmachen, oder ich gehe noch in dieser Nacht auf dem Fleck zugrunde. Fahr zu!«

Wir fuhren los. Ein ganzer Wirbelsturm von Gedanken kreiste in meinem Kopfe herum.

»Sie werden mich nicht auf den Knien um meine Freundschaft anflehen. Das ist ein Phantasiebild, ein gemeines, ekelhaftes, romantisches Phantasiebild – ganz wie der Ball am Comersee. Und darum muß ich Swerkow eine Ohrfeige geben; ich muß es! Ich bin dazu verpflichtet. Also mein Entschluß steht fest: Ich fahre jetzt hin, um ihm eine Ohrfeige zu geben. Fahr schneller!«

Der Kutscher schüttelte mit den Zügeln.

»Sowie ich hereinkomme, werde ich sie ihm geben. Ob ich wohl vor der Ohrfeige ein paar Worte als Vorrede sagen muß? Nein, ich werde einfach hereingehen und sie ihm geben. Sie werden alle im Salon sitzen und er mit Olimpija auf dem Sofa. Diese verfluchte Olimpija! Sie hat sich einmal über mein Gesicht lustig gemacht und mich abgewiesen. Ich werde Olimpija an den Haaren fortziehen und Swerkow an den Ohren! Nein, lieber an einem Ohre, und an dem Ohre werde ich ihn durch das ganze Zimmer führen. Sie werden vielleicht alle auf mich losschlagen und mich hinauswerfen. Das ist sogar so gut wie sicher. Meinetwegen! Ich werde doch als erster eine Ohrfeige gegeben haben; die Initiative ist bei mir gewesen; nach den Gesetzen der Ehre ist das alles, worauf es ankommt: Er ist dann schon gebrandmarkt und kann sich nachher die Ohrfeige durch keine Schläge abwaschen, sondern nur durch ein Duell. Er wird sich mit mir duellieren müssen. Mögen sie mich meinetwegen jetzt schlagen! Mögen sie, die Undankbaren! Besonders wird Trudoljubow schlagen; er ist so stark; Ferfitschkin wird mich von der Seite packen und mir unfehlbar in die Haare fahren; das ist sicher. Aber meinetwegen, meinetwegen! Dazu bin ich hergekommen. Ihre Hammelköpfe werden doch endlich die Tragik, die in alledem steckt, begreifen müssen! Wenn sie mich zur Tür schleppen werden, werde ich ihnen zuschreien, daß sie in Wirklichkeit nicht soviel wert sind wie mein kleiner Finger. Fahr schneller, Kutscher, fahr schneller!« rief ich ihm zu. Er zuckte ordentlich zusammen und schwang dann die Peitsche. Ich hatte ihn gar zu wild angeschrien.

»Bei Tagesanbruch werden wir uns duellieren; das ist nun beschlossene Sache. Mit einer Anstellung in einem Departement ist es dann aus. Ferfitschkin sagte vorhin für Departement Lepartement. Aber wo soll ich Pistolen herbekommen? Unsinn! Ich lasse mir einen Gehaltsvorschuß geben und kaufe welche. Aber Pulver und Kugeln? Das ist Sache des Sekundanten. Und wie soll ich mit alledem bis zum Anbruch des Tages fertig werden? Und wo soll ich einen Sekundanten hernehmen? Ich habe keine Bekannten. Unsinn!«

rief ich, in noch größere Aufregung geratend, »Unsinn! Der erste beste, der mir auf der Straße begegnet und an den ich mich wende, ist verpflichtet, mein Sekundant zu sein, gerade ebenso wie er verpflichtet wäre, einen Ertrinkenden aus dem Wasser zu ziehen. Auch die exzentrischsten Fälle müssen als berechtigt anerkannt werden. Ja, wenn ich morgen sogar den Direktor selbst bäte, mein Sekundant zu sein, so müßte auch der einwilligen, schon allein aus Ritterlichkeit, und müßte das Geheimnis bewahren! Anton Antonowitsch...«

Ich brach ab; denn in demselben Augenblicke trat mir klarer und deutlicher, als es bei irgendeinem Menschen auf der ganzen Welt möglich gewesen wäre, die ganze gräßliche Absurdität meiner Voraussetzungen und die ganze Kehrseite der Medaille vor Augen; aber...

»Fahr schneller, Kutscher, fahr schneller, du Schuft, fahr schneller!«

»Aber, gnädiger Herr!« wandte dieser ein.

Plötzlich überlief mich ein Frostschauder.

»Aber wäre es nicht das beste... wäre es nicht das beste... jetzt geradeswegs nach Hause zu fahren? O mein Gott! Warum, warum habe ich mich gestern nur zu diesem Diner gedrängt! Aber nein, das ist unmöglich! Und der dreistündige Spaziergang vom Tische bis zum Ofen? Nein, für diesen Spaziergang müssen sie mir büßen, sie und kein andrer! Sie müssen mir diese Schmach abwaschen! Fahr schneller!

Aber wie, wenn sie mich auf die Polizeiwache bringen? Das werden sie nicht wagen! Vor einem Skandal werden sie sich fürchten. Aber wie, wenn Swerkow aus Geringschätzung ein Duell ablehnt? Das ist sogar höchstwahrscheinlich; aber dann werde ich ihnen zeigen... Dann werde ich morgen zu der Zeit, wo er abfährt, auf den Posthof kommen und ihn, wenn er in den Postschlitten einsteigen will, am Bein pakken, ihm den Mantel abreißen. Mit den Zähnen werde ich ihn am Arme festhalten, ich werde ihn beißen. ›Seht alle, wozu man einen verzweifelten Menschen bringen kann!‹ Mag er mich meinetwegen auf den Kopf schlagen und die andern alle mich von hinten anfallen! Ich werde dem ganzen

Publikum zuschreien: ›Seht diesen jungen Hund hier, der hinfährt, um die Tscherkessinnen zu bezaubern; aber ich habe ihm ins Gesicht gespuckt!‹

Selbstverständlich ist dann alles aus! Mit der Aussicht auf Anstellung in einem Departement ist es dann für immer vorbei. Man wird mich ergreifen, mich vor Gericht stellen, mich meines Amtes entsetzen, mich ins Gefängnis sperren und mich zur Ansiedlung nach Sibirien verschicken. Aber das schadet nichts! Nach fünfzehn Jahren, nach meiner Freilassung, werde ich mich in Lumpen als Bettler zu ihm schleppen. Ich werde ihn irgendwo in einer Provinzialstadt finden. Er wird verheiratet und glücklich sein. Er wird eine fast erwachsene Tochter haben. Ich werde sagen: ›Sieh her, du Unmensch! Sieh meine eingefallenen Wangen und meine Lumpen! Ich habe alles verloren: meine Karriere, mein Glück, die Kunst, die Wissenschaft, *ein geliebtes Weib*, und alles deinetwegen. Da sind Pistolen. Ich bin hergekommen, um meine Pistole abzuschießen, und... und ich verzeihe dir.‹ Dann werde ich in die Luft schießen, davongehen und spurlos verschwinden...«

Es kamen mir sogar die Tränen in die Augen, obgleich ich in diesem selben Augenblicke ganz genau wußte, daß das alles aus dem »Sylvio« und dem »Maskenball« Lermontows herstammte. Und auf einmal begann ich mich furchtbar zu schämen, dermaßen, daß ich den Kutscher anhalten ließ, aus dem Schlitten stieg und mich mitten auf der Straße im Schnee hinstellte. Der Kutscher sah mich erstaunt an und seufzte.

Was sollte ich tun? Ich konnte weder dorthin, da dabei nur Unsinn herauskommen würde, noch auch konnte ich die Sache auf sich beruhen lassen; denn dann würde sich ein Resultat ergeben, ein Resultat... O Gott, wie könnte ich es denn auf sich beruhen lassen! Nach solchen Beleidigungen! »Nein!« rief ich und sprang wieder in den Schlitten; »das ist nun einmal so vorherbestimmt; das ist Fatum! Fahr schneller, fahr schneller, dorthin!«

Und in meiner Ungeduld schlug ich den Kutscher mit der Faust in den Nacken.

»Aber was hast du denn? Warum haust du mich?« rief der kümmerliche Mensch, peitschte aber doch seinen Klepper so, daß er anfing, mit den Hinterbeinen auszuschlagen. Der nasse Schnee fiel in großen Flocken; ich schlug meinen Mantel auseinander, ohne mich um den Schnee zu kümmern. Ich hatte alles übrige vergessen, weil ich mich endgültig zu der Ohrfeige entschlossen hatte und mir mit Entsetzen bewußt war, daß dies jetzt unfehlbar in kürzester Frist geschehen werde und durch keine Gewalt mehr aufgehalten werden könne. Die einsamen Laternen schimmerten trübe durch den Schneenebel hindurch, wie Fackeln bei einem Begräbnisse. Der Schnee drang mir unter den Mantel, unter den Rock, unter das Halstuch und schmolz dort; aber ich machte den Mantel nicht zu: Es war ja sowieso schon alles verloren! Endlich kamen wir am Ziele an. Ich sprang fast bewußtlos aus dem Schlitten, lief die Stufen hinan und begann mit Händen und Füßen an die Tür zu pochen. Besonders die Beine waren mir in den Knien furchtbar matt geworden. Es wurde merkwürdig schnell geöffnet, als wenn man dort gewußt hätte, daß ich kommen würde. (In der Tat hatte Simonow gesagt, es werde vielleicht noch einer kommen; an diesem Orte aber mußte man sich anmelden und sich überhaupt vorsichtig benehmen. Es war dies eines jener damaligen »Modegeschäfte«, die jetzt schon längst durch die Polizei beseitigt sind. Bei Tage war es tatsächlich ein Ladengeschäft; abends aber konnte, wer eine Empfehlung hatte, einen Besuch machen.) Ich ging mit schnellen Schritten durch den dunklen Laden in den mir bekannten Salon, wo nur eine einzige Kerze brannte, und blieb erstaunt stehen: Es war niemand da.

»Wo sind sie denn?« fragte ich jemanden.

Aber sie hatten sich selbstverständlich schon in die einzelnen Zimmer verteilt.

Vor mir stand, dumm lächelnd, die Wirtin selbst, die mich einigermaßen kannte. Einen Augenblick darauf öffnete sich eine Tür, und es trat noch eine andere Person herein.

Ohne mich um irgend etwas zu kümmern, ging ich im Zimmer auf und ab und redete, glaube ich, mit mir selbst. Ich

hatte ein Gefühl, als wäre ich vom Tode errettet, und empfand das freudig mit meinem ganzen Wesen: Ich hätte ja die Ohrfeige verabfolgt, hätte sie unfehlbar, unfehlbar verabfolgt! Aber jetzt waren sie nicht da, und... alles war verschwunden, alles hatte sich geändert! Ich blickte um mich. Ich konnte immer noch nicht recht zu mir kommen. Mechanisch sah ich nach dem eingetretenen jungen Mädchen hin: Undeutlich sah ich vor mir ein frisches, jugendliches, etwas blasses Gesicht mit regelmäßig gezeichneten, dunklen Augenbrauen und mit ernstem, anscheinend etwas verwundertem Blicke. Das gefiel mir sofort; ich würde sie gehaßt haben, wenn sie gelächelt hätte. Ich begann, sie aufmerksamer zu betrachten, was mich eine gewisse Anstrengung kostete: Es war mir immer noch nicht möglich, alle meine Gedanken zu sammeln. Es lag etwas Treuherziges und Gutmütiges in diesem Gesichte, aber zugleich auch ein Ernst, der geradezu seltsam erschien. Ich bin überzeugt, daß sie dadurch an diesem Orte ihr Spiel oft verlor und von jenen Dummköpfen niemand sie beachtet hatte. Übrigens konnte man sie nicht eine Schönheit nennen, obgleich sie hochgewachsen, kräftig und wohlgebaut war. Gekleidet war sie außerordentlich einfach. Ein garstiger Gedanke versetzte mir gewissermaßen einen Biß; ich ging geradeswegs auf sie zu.
Zufällig sah ich mich in einem Spiegel. Mein aufgeregtes Gesicht erschien mir äußerst abstoßend: blaß, boshaft, gemein, mit unordentlichem Haar. »Meinetwegen; ich freue mich darüber«, dachte ich; »ich freue mich gerade darüber, daß ich ihr widerwärtig vorkomme; das ist mir lieb...«

VI

...Irgendwoher hinter der Zwischenwand hob mit heiserem Schnarren eine Uhr aus; es klang, als ob ein starker Druck auf ihr lastete, als ob jemand sie würgte. Nach einem unnatürlich langen Schnarren folgte ein dünner, häßlicher, gewissermaßen unerwarteter Ton, wie wenn jemand plötzlich nach vorn spränge. Es schlug zwei. Ich kam zur Besinnung,

wiewohl ich nicht eigentlich geschlafen, sondern nur in halber Bewußtlosigkeit dagelegen hatte.
In dem schmalen, engen, niedrigen Zimmer, in welchem noch ein gewaltig großer Kleiderschrank sowie herumliegende Kartons, Lappenzeug und allerlei Kleiderkram viel Platz beanspruchten, war es fast ganz dunkel. Ein Lichtstümpfchen, das auf einem Tische am Ende des Zimmers brannte, war schon dem Ausgehen nahe und flackerte nur ab und zu noch ein wenig auf. Nach einigen Minuten mußte vollständige Dunkelheit eintreten.
Es dauerte nicht lange, bis ich wieder zu mir kam; alles kam mir mit einem Male ohne jede Anstrengung sogleich ins Gedächtnis, als ob diese Erinnerungen ordentlich auf mich gelauert hätten, um wieder über mich herzufallen. Aber auch während der halben Bewußtlosigkeit selbst war ein bestimmter Punkt mir beständig im Gedächtnisse geblieben, ohne in Vergessenheit zu versinken, und um diesen Punkt hatten sich meine schlaftrunkenen, träumerischen Gedanken schwerfällig herumbewegt. Eines jedoch war sonderbar: Alles, was ich an diesem Tage erlebt hatte, kam mir jetzt nach dem Aufwachen so vor, als sei es schon lange, lange vergangen, als liege es schon weit, weit hinter mir.
Der Kopf war mir benommen. Ich hatte eine Empfindung, als schwebe etwas über mir, was mich reize, aufrege und beunruhige. Ärger und Ingrimm brodelten wieder auf und suchten einen Ausgang. Auf einmal erblickte ich neben mir zwei geöffnete Augen, die mich forschend und starr betrachteten. Der Blick derselben war kalt, teilnahmslos, finster, als ob sie einer ganz fremden Person gehörten; er rief bei mir ein peinliches Gefühl hervor.
Ein mißmutiger Gedanke entstand in meinem Gehirn und verbreitete sich mit einer widerwärtigen Empfindung durch meinen ganzen Körper; diese Empfindung hatte Ähnlichkeit mit der, wenn man in einen feuchten, dumpfen Keller tritt. Es war gewissermaßen unnatürlich, daß diese beiden Augen gerade jetzt erst auf den Gedanken gekommen waren, mich zu betrachten. Ich erinnerte mich auch, daß ich im Laufe von zwei Stunden mit diesem Wesen nicht ein ein-

ziges Wort gesprochen und das für ganz unnötig gehalten hatte; das hatte mir vorhin sogar aus irgendwelchem Grunde gefallen. Jetzt aber trat mir auf einmal vor die Seele das absurde, gleich einer Spinne ekelhafte Bild einer Ausschweifung, die ohne Liebe, roh und schamlos geradezu damit anfängt, womit die wahre Liebe ihre Krönung findet. So sahen wir einander lange an; aber sie schlug ihre Augen vor den meinigen nicht nieder und änderte ihren Blick nicht, so daß es mir schließlich gewissermaßen unheimlich wurde.

»Wie heißt du?« fragte ich kurz, um dieser Situation möglichst schnell ein Ende zu machen.

»Lisa«, antwortete sie beinahe flüsternd, aber sehr unfreundlich und wandte die Augen ab.

Ich schwieg eine Weile.

»Ist das heute ein Wetter... Schnee... scheußlich!« sagte ich, fast nur so vor mich hin, legte melancholisch die Hand unter meinen Kopf und sah nach der Decke.

Sie antwortete nicht. All das war ekelhaft.

»Bist du eine Hiesige?« fragte ich einen Augenblick darauf und drehte den Kopf ein wenig nach ihr hin.

»Nein.«

»Wo bist du denn her?«

»Aus Riga«, sagte sie widerwillig.

»Bist du eine Deutsche?«

»Nein, eine Russin.«

»Bist du schon lange hier?«

»Wo?«

»In diesem Hause?«

»Zwei Wochen.«

Sie sprach in immer schrofferem Tone. Das Licht war vollständig ausgegangen; ich konnte ihr Gesicht nicht mehr unterscheiden.

»Hast du noch einen Vater und eine Mutter?«

»Ja... nein... ja.«

»Wo wohnen sie?«

»Dort... in Riga.«

»Was sind sie?«

»Nichts Besonderes...«

»Was heißt das: ›Nichts Besonderes‹? Was sind sie, was haben sie für einen Beruf?«
»Kleinbürger.«
»Hast du immer bei ihnen gewohnt?«
»Ja.«
»Wie alt bist du?«
»Zwanzig.«
»Warum bist du denn von ihnen weggegangen?«
»Bloß so...«
Dieses »bloß so« bedeutet: »Laß mich in Ruhe; es wird mir zum Ekel.« Wir verstummten beide.
Weiß Gott, warum ich nicht wegging. Mir selbst wurde immer widerwärtiger und melancholischer zumute. Die Bilder des ganzen vorhergehenden Tages begannen wie von selbst, ohne meinen Willen, unordentlich vor meinem geistigen Auge vorüberzuziehen. Ich erinnerte mich auf einmal an eine Szene, die ich am Morgen auf der Straße gesehen hatte, als ich, den Kopf voll Sorgen, nach meinem Bureau trabte.
»Heute trugen sie einen Sarg heraus und ließen ihn beinah hinfallen«, sagte ich plötzlich laut, ganz und gar nicht in der Absicht, ein Gespräch anzufangen, sondern ohne mir etwas dabei zu denken, fast unwillkürlich.
»Einen Sarg?«
»Ja, auf dem Heumarkte; sie brachten ihn aus einem Keller heraus.«
»Aus einem Keller?«
»Nicht eigentlich aus einem Keller, sondern aus einer Kellerwohnung... Na, du weißt wohl... von da unten... aus einem schlechten Hause... Es war ringsumher ein gräßlicher Schmutz... Eierschalen, Kehricht... es roch häßlich, es war greulich.«
Stillschweigen.
»Es ist schauderhaft, heute begraben zu werden!« begann ich von neuem, nur um nicht zu schweigen.
»Weshalb schauderhaft?«
»Der Schnee, die Nässe...« (Ich gähnte.)
»Das ist doch ganz egal«, sagte sie plötzlich nach einem kurzen Stillschweigen.

»Nein, es ist garstig...« (ich gähnte wieder). »Die Totengräber haben gewiß geschimpft, weil der Schnee sie durchweichte. Und im Grabe hat gewiß Wasser gestanden.«
»Warum soll denn im Grabe Wasser gestanden haben?« fragte sie mit einer gewissen Neugier, aber in noch unfreundlicherem, schrofferem Tone als vorher. Ich kam auf einmal in eine gereizte Stimmung hinein.
»Natürlich ist Wasser da gewesen, auf dem Boden, einen Fuß hoch. Da auf dem Wolkowski-Kirchhof ist kein einziges Grab, das gegraben wird, trocken.«
»Woher kommt das?«
»Wie kannst du so fragen! Es ist eine sumpfige Gegend. Hier ist überall Sumpf. So werden denn die Särge einfach ins Wasser gelegt. Ich habe es selbst gesehen... viele Male...«
(Ich hatte es kein einziges Mal gesehen und war auch niemals auf dem Wolkowski-Kirchhofe gewesen, sondern hatte es nur erzählen hören.)
»Ist es dir denn ganz egal, ob du stirbst?«
»Aber, warum soll ich denn sterben?« antwortete sie, als ob sie sich verteidigte.
»Irgendeinmal wirst du schon sterben und wirst genauso sterben wie die Tote, von der ich redete. Das war... ebenfalls ein junges Mädchen... Sie ist an der Schwindsucht gestorben.«
»Das Mädchen hätte im Krankenhause sterben sollen...«
(Sie weiß damit schon Bescheid, dachte ich, und hat gesagt: »das Mädchen« und nicht: »das junge Mädchen«.)
»Sie war ihrer Wirtin Geld schuldig«, erwiderte ich, durch den Streit immer hitziger werdend, »und so hat sie ihr denn bis fast zu ihrem Tode gedient, obwohl sie die Schwindsucht hatte. Die umherstehenden Droschkenkutscher sprachen davon mit Soldaten und erzählten es. Das waren gewiß frühere Bekannte von ihr. Sie lachten und hatten auch noch vor, in der Schenke auf ihr Gedächtnis zu trinken.« (Auch hier log ich vieles hinzu.)
Stillschweigen, tiefes Stillschweigen. Sie rührte sich nicht einmal.
»Im Krankenhause ist es wohl besser zu sterben, wie?«

»Ist es nicht alles dasselbe?... Aber warum sollte ich sterben?« fügte sie in gereiztem Tone hinzu.
»Wenn nicht jetzt, so doch später.«
»Na, auch später...«
»Was redest du! Sieh mal, jetzt bist du jung, hübsch und frisch; darum wird auch ein solcher Preis für dich angesetzt. Aber nach einem Jahre eines solchen Lebens wirst du bereits anders aussehen; du wirst verwelkt sein.«
»Nach einem Jahre?«
»Jedenfalls wirst du nach einem Jahre minder hoch im Preise stehen«, fuhr ich schadenfroh fort. »Du wirst von hier anderswohin ziehen, in ein anderes Haus, von niedrigerem Range. Und wieder nach einem Jahre in ein drittes Haus, immer tiefer und tiefer; und nach etwa sieben Jahren wirst du nach dem Heumarkt in eine Kellerwohnung kommen. Und das ist noch der günstigste Fall. Aber wenn sich nun bei dir außerdem unglücklicherweise eine Krankheit einfindet, na, eine Brustschwäche... oder du erkältest dich, oder so etwas. Bei einem solchen Leben haftet eine Krankheit fest und geht nicht so leicht vorüber. Siehst du, dann wirst du sterben.«
»Na, dann sterbe ich!« antwortete sie, nunmehr ganz ärgerlich, und bewegte sich schnell hin und her.
»Aber es ist doch schade.«
»Um was?«
»Um das Leben ist es schade.«
Stillschweigen.
»Hast du einen Bräutigam gehabt, ja?«
»Wozu wollen Sie das wissen?«
»Nun, ich will dich nicht ausfragen. Was geht es mich an? Warum bist du ärgerlich geworden? Du hast gewiß deine Unannehmlichkeiten gehabt. Was geht es mich an? Aber ich habe doch Mitleid.«
»Mit wem?«
»Mit dir.«
»Kein Anlaß...«, flüsterte sie kaum hörbar und bewegte sich wieder hin und her.
Ich wurde über ihr Verhalten sogleich ärgerlich. Wie! Ich war so freundlich gegen sie; und sie...

»Was denkst du denn? Bist du auf gutem Wege?«
»Ich denke gar nichts.«
»Das ist eben schlimm, daß du nichts denkst. Komm zu Besinnung, solange es noch Zeit ist. Und Zeit ist es noch. Du bist noch jung und schön; du könntest dich verlieben, dich verheiraten, glücklich werden...«
»Nicht alle verheirateten Frauen sind glücklich«, unterbrach sie mich in der früheren unfreundlichen, hastigen Weise.
»Das ist richtig, gewiß; aber doch ist es weit besser, verheiratet zu sein als hier zu sein. Unvergleichlich viel besser. Und wenn man liebt, kann man auch ohne Glück leben. Auch im Leide ist das Leben schön; es ist schön, auf der Welt zu leben, wie auch immer man lebt. Aber hier, was ist hier anderes als... Gestank? Pfui!«
Ich drehte mich voll Ekel um; ich trug meine Meinungen nicht mehr kaltblütig vor. Ich begann selbst das zu empfinden, was ich sagte, und wurde hitzig. Ich brannte schon vor Begierde, die hübschen kleinen Ideen, die ich mir in meinem Stübchen zurechtgemacht hatte, auseinanderzusetzen. Eine Glut flammte in mir auf; ein Ziel wurde mir sichtbar.
»Sieh nicht darauf, daß ich ebenfalls hier bin; ich kann dir nicht als Vorbild dienen. Ich bin vielleicht noch schlechter als du. Übrigens bin ich in betrunkenem Zustande hierher gekommen«, beeilte ich mich doch zu meiner Entschuldigung hinzuzufügen. »Zudem ist ein Mann für ein Weib überhaupt kein Vorbild. Das ist doch eine andere Sache; wenn ich mich auch beflecke und beschmutze, so bin ich doch wenigstens niemandes Sklave; nachdem ich hier gewesen bin, gehe ich wieder weg und bin nicht mehr da. Ich schüttele es von mir ab und bin wieder ein anderer Mensch. Aber dagegen zieh in Betracht, daß du gleich vom ersten Anfang an eine Sklavin bist. Ja, eine Sklavin! Du gibst alles hin, deine ganze Willensfreiheit. Und wenn du später diese Ketten zerreißen willst, so geht das nicht mehr: sie werden dich immer fester und fester gefesselt halten. Von der Art sind diese verfluchten Ketten nun einmal. Ich kenne sie. Von anderen Punkten will ich schon gar nicht reden; du

würdest es vielleicht auch nicht verstehen; aber sage mir mal das eine: du bist deiner Wirtin gewiß schon Geld schuldig? Na, siehst du wohl!« fügte ich hinzu, obgleich sie mir nicht geantwortet hatte, sondern nur schweigend mit gespannter Aufmerksamkeit zuhörte; »da hast du deine Ketten! Du wirst dich niemals loskaufen können. Das richten die Wirtinnen schon so ein. Das ist gerade, wie wenn du dem Teufel deine Seele verkauft hättest...

Und außerdem bin ich vielleicht ein ebenso unglücklicher Mensch wie du (woher willst du es wissen?) und steige absichtlich in den Schmutz hinab, ebenfalls aus Kummer. Trinken ja doch manche Leute aus Gram; na, und ich, siehst du, bin aus Gram hier. Na, sag mal, was ist denn daran Gutes: ich und du, wir sind hier vorhin zusammengekommen und haben die ganze Zeit über kein Wort miteinander geredet, und du hast erst so lange nachher angefangen, mich scheu zu betrachten; und ebenso ich dich. Liebt man denn so? Soll etwa ein Mensch mit dem andern in dieser Weise verkehren? Das ist ja etwas ganz Widerliches, jawohl!«

»Ja«, stimmte sie mir in scharfem Ton eilig bei. Die Eile, mit der sie dieses Ja sprach, setzte mich sogar in Erstaunen. »Also auch ihr«, dachte ich, »ist vielleicht dieser selbe Gedanke schon durch den Kopf gegangen, als sie mich vorhin betrachtete? Also ist auch sie bereits gewisser Gedanken fähig?... Hol's der Teufel, das ist merkwürdig; das ist Seelenverwandtschaft«, dachte ich und rieb mir beinahe die Hände. »Und wie sollte man auch mit so einer jungen Seele sich nicht verständigen können!...«

Am meisten Reiz hatte es für mich, so mein Spiel zu treiben.

Sie drehte ihren Kopf näher zu mir hin und stützte sich, wie es mir in der Dunkelheit schien, auf den Arm. Vielleicht betrachtete sie mich. Wie leid tat es mir, daß ich ihre Augen nicht unterscheiden konnte. Ich hörte ihr tiefes Atmen.

»Warum bist du hierher gekommen?« begann ich, nunmehr in einer Art von autoritativem Tone.

»Es hat sich so gemacht.«

»Aber es ist doch so schön, im Vaterhause zu leben. Da hat man es warm und behaglich; man hat sein eigenes Nest.«
»Aber wenn es da schlechter war als hier?«
»Ich muß den richtigen Ton treffen«, ging es mir durch den Kopf; »vielleicht läßt sich durch Empfindsamkeit etwas erreichen.«
Übrigens war das bei mir nur so ein flüchtiger Gedanke. Ich versichere, daß sie mich wirklich interessierte. Überdies befand ich mich in einer Art von Schwächezustand und in sentimentaler Stimmung. Und Spitzbüberei verträgt sich ja auch sehr leicht mit Sentimentalität.
»Dagegen läßt sich nichts sagen«, beeilte ich mir zu antworten; »es kommt alles mögliche vor. Siehst du, ich bin davon überzeugt, daß dich jemand gekränkt hat, und daß eher die Menschen sich dir gegenüber schuldig gemacht haben als du dich ihnen gegenüber. Ich weiß ja von deiner Lebensgeschichte nichts; aber ein solches Mädchen wie du begibt sich nicht aus eigener Neigung an einen Ort wie diesen hier...«
»Was bin ich denn für ein Mädchen?« flüsterte sie kaum hörbar; aber ich hörte es doch.
»Hol's der Teufel«, dachte ich, »ich sage ja Schmeicheleien. Das ist häßlich. Aber vielleicht ist es auch gut so...« Sie schwieg.
»Siehst du, Lisa, ich will einmal von mir reden! Wenn ich von meiner Kindheit an eine Familie gehabt hätte, so würde ich nicht ein solcher Mensch sein, wie ich es jetzt bin. Ich denke darüber oft nach. Mag es in der Familie auch noch so schlecht sein, es sind doch immer Vater und Mutter und keine Feinde, keine Fremden. Und wenn sie einem auch nur einmal im Jahre ihre Liebe zeigen. Man weiß doch, daß man bei sich zu Hause ist. Siehst du, ich bin ohne Familie aufgewachsen; daher kommt es auch gewiß, daß ich ein solcher Mensch geworden bin, ein so gefühlloser Mensch.«
Ich wartete wieder.
»Vielleicht versteht sie mich überhaupt nicht«, dachte ich. »Und es ist ja auch lächerlich: ich als Moralprediger!«
»Wenn ich Vater wäre und eine Tochter hätte, dann würde

ich, glaube ich, die Tochter mehr lieben als die Söhne, wirklich«, begann ich von einer anderen Seite her, als wollte ich, um sie zu zerstreuen, den Gegenstand wechseln. Ich muß gestehen, daß ich errötete.

»Warum denn?« fragte sie.

Also hörte sie doch zu.

»So unwillkürlich; ich weiß nicht warum, Lisa. Siehst du, ich habe einen Vater gekannt, der war ein strenger, finsterer Mensch; aber vor seiner Tochter lag er oft auf den Knien, küßte ihr die Hände und Füße und konnte sich an ihr gar nicht satt sehen, wirklich. Wenn sie auf einer Abendgesellschaft tanzte, so stand er fünf Stunden lang auf ein und demselben Flecke und verwandte kein Auge von ihr. Er war in sie ganz vernarrt: ich habe dafür Verständnis! Wenn sie nachts schlief, so stand er auf und ging zu der Schlafenden hin, um sie zu küssen und zu bekreuzen. Er selbst ging in einem schmierigen Rock umher und war für alle andern geizig; aber ihr kaufte er für sein letztes Geld etwas, machte ihr wertvolle Geschenke und freute sich von Herzen, wenn ein Geschenk ihr gefiel. Der Vater liebt die Töchter immer mehr, als es die Mutter tut. Manches junge Mädchen hat bei sich zu Hause ein vergnügliches Leben! Ich aber würde, glaube ich, meine Tochter keinem zur Frau geben.«

»Warum denn nicht?« fragte sie mit einem ganz leisen Lächeln.

»Ich würde eifersüchtig sein, wahrhaftig. Na, sie sollte einen andern küssen? Sie sollte einen Fremden mehr lieben als ihren Vater? Schon die bloße Vorstellung ist peinlich. Gewiß, das alles ist Unsinn; gewiß, ein Vater nimmt schließlich Vernunft an. Aber was mich betrifft, ich würde, glaube ich, bevor ich meine Tochter einem zur Frau gäbe, mich schon allein mit Sorgen totquälen: an allen Bewerbern würde ich etwas auszusetzen haben. Schließlich aber würde ich meine Tochter doch demjenigen geben, den sie selbst liebt. Derjenige, den die Tochter selbst liebt, erscheint ja freilich dem Vater immer als der schlechteste von allen. Das ist nun einmal so. Davon rührt in den Familien viel Unheil her.«

»Es gibt auch andere, die, statt ihre Tochter in Ehren wegzugeben, sich freuen, wenn sie sie verkaufen können«, sagte sie plötzlich.

»Aha«, dachte ich, »so steht die Sache!«

»So, Lisa, geht es in jenen verfluchten Familien zu, wo es weder Gottesfurcht noch Liebe gibt«, fiel ich eifrig ein; »wo aber keine Liebe ist, da ist auch keine Vernunft. Solche Familien gibt es allerdings; aber von denen rede ich nicht. Du hast offenbar in deiner Familie nichts Gutes erlebt, da du so sprichst. Wahrlich, du bist eine Unglückliche. Hm!... All das geschieht meist aus Armut.«

»Ist es denn bei den vornehmen Leuten besser? Auch in der Armut können ehrenhafte Leute gut und brav leben.«

»Hm... ja. Vielleicht. Bedenke auch das, Lisa: der Mensch liebt es, nur sein Leid zu zählen; aber sein Glück zählt er nicht. Zählte er aber gebührendermaßen beides, so würde er sehen, daß er von beidem zur Genüge bekommt. Nun, wie aber, wenn in einer Familie alles wohlgelingt und Gott sie segnet und dein Mann sich als ein guter Mensch erweist und dich liebt und auf den Händen trägt und nicht von deiner Seite weicht? Schön ist es in einer solchen Familie! Manchmal ist es sogar schön, wenn man das Leid gemeinsam trägt; und wo gäbe es kein Leid? Vielleicht wirst du dich verheiraten; dann wirst du das selbst erfahren. Nimm auch nur die erste Zeit der Ehe mit dem, den du liebst: wieviel Glück, wieviel Glück schließt die manchmal in sich! Volles, ununterbrochenes Glück. In der ersten Zeit nehmen sogar die Streitigkeiten mit dem Manne ein gutes Ende. Manche Frau fängt, je mehr sie ihren Mann liebt, um so häufiger Streit mit ihm an. Wirklich, ich habe eine solche Frau gekannt: ›Ich liebe dich so sehr‹, sagte sie, ›und quäle dich nur aus Liebe; das mußt du doch fühlen.‹ Weißt du wohl, daß man aus Liebe einen Menschen absichtlich quälen kann? Am meisten tun das die Frauen. So eine denkt im stillen: ›Dafür werde ich ihn nachher so lieben und so nett zu ihm sein, daß es keine Sünde sein kann, ihn jetzt auch ein bißchen zu quälen.‹ Und im Hause freuen sich alle über euch, und alles geht schön und heiter und friedlich und ehrenhaft zu... Da gibt es auch andere, die eifersüchtig sind. Wenn der Mann irgendwohin geht, dann kann die Frau (ich habe eine solche gekannt) es nicht aushalten, sondern springt mitten in der Nacht auf und läuft heimlich weg, um nachzusehen: ob er auch nicht da und da ist, in dem und dem Hause, mit der und der zusammen. Das ist nun allerdings nicht schön. Und sie weiß selbst, daß es nicht schön ist, und ihr Herz quält sich und martert sich ab; aber sie liebt ja und tut das alles aus Liebe. Und wie schön ist es, nach einem Streit sich zu versöhnen, wenn die Frau selbst den Mann um Verzeihung bittet oder ihm verzeiht! Und beiden wird auf einmal so fröhlich, so fröhlich zumute, als ob sie von neuem einander zum erstenmal begegneten, sich von neuem vermählten und ihre Liebe von neuem anfinge. Und niemand, niemand darf wissen, was zwischen Mann und Frau vorgeht, wenn sie einander lieben. Und was auch immer für ein Streit zwischen ihnen vorkommen mag, so dürfen sie doch nicht einmal die eigene Mutter als Richterin anrufen, und keiner darf von dem andern etwas erzählen. Sie selbst sind ihre Richter. Die Liebe ist ein göttliches Geheimnis und muß vor allen fremden Augen verborgen bleiben, was auch immer vorgehen mag. Sie wird dadurch noch heiliger und besser. Sie lernen einander immer mehr achten, und auf der Achtung beruht gar vieles. Und wenn einmal Liebe vorhanden gewesen ist und sie sich aus Liebe geheiratet haben, warum sollte dann die Liebe vergehen? Ist es denn unmöglich, sie zu erhalten? Daß es unmöglich wäre, sie zu erhalten, ist doch nur ein seltener Fall. Na, wenn es sich nun so trifft, daß der Ehemann ein guter, ehrenhafter Mensch ist, wie sollte dann die Liebe schwinden? Die erste, leidenschaftliche Liebe wird ja allerdings vergehen; aber dann wird eine andere, noch schönere Liebe kommen. Dann werden die Gatten sich seelisch aneinander schließen; alle ihre Angelegenheiten werden sie gemeinsam erledigen; keiner wird vor dem andern ein Geheimnis haben. Und wenn Kinder kommen, dann erscheint jede, auch die schwerste Zeit als eine glückliche; man braucht nur zu lieben und Mut zu haben. Dann ist auch die Arbeit eine Lust, und man versagt sich manchmal ein Stück Brot um der Kinder willen, und auch das ist eine Freude. Sie

werden dich ja dafür später lieben; so sammelst du dir selbst einen Schatz. Die Kinder wachsen heran; du fühlst, daß du ihnen ein Vorbild, eine Stütze bist, daß sie auch nach deinem Tode ihr ganzes Leben lang deine Gefühle und Gedanken, so wie sie sie von dir empfangen haben, in sich tragen werden, daß sie dir ähnlich, deine Ebenbilder sein werden. Also darin liegt eine große Pflicht. Wie sollten da Vater und Mutter sich nicht enger aneinander schließen? Ja, da sagt man, Kinder zu haben sei eine Last. Wer sagt das? Es ist vielmehr ein himmlisches Glück! Hast du kleine Kinder gern, Lisa? Ich habe sie furchtbar gern. Weißt du, wenn so ein rosiges Knäblein an deiner Brust trinkt, welches Mannes Herz könnte da seiner Frau grollen, wenn er sieht, wie sie mit seinem Kinde dasitzt! Das rosige, dicke Kindchen streckt sich behaglich; seine Beinchen und Ärmchen sind so voll und weich, die Nägelchen so rein und klein, so klein, daß sie lächerlich anzusehen sind; und die Äuglein sehen aus, als ob sie schon alles verständen. Und während es trinkt, zupft es dir mit dem Händchen an der Brust herum und spielt. Wenn der Vater hinzutritt, reißt es sich von der Brust los, biegt sich ganz zurück, sieht den Vater an und lacht, als ob da etwas Gott weiß wie lächerlich wäre, und macht sich dann wieder daran zu trinken. Und manchmal beißt es ohne weiteres die Mutter in die Brust, wenn bei ihm schon die Zähnchen durchgekommen sind, und schielt sie dabei mit den Äuglein an: ›Siehst du wohl, ich habe dich gebissen!‹ Ist das nicht alles das schönste Glück, wenn sie zu dreien beisammen sind, Mann, Frau und Kind? Für solche Augenblicke kann man viel verzeihen. Nein, Lisa, man muß zuerst selbst leben lernen, ehe man andere beschuldigt!«
»Solche Bilder, ja, solche Bilder, die sind das richtige Mittel, um auf dich zu wirken!« dachte ich im stillen, obgleich ich wirklich mit echter Empfindung gesprochen hatte. Aber plötzlich wurde ich rot: »Aber wenn sie nun auf einmal auflacht, was soll ich dann anfangen?«
Dieser Gedanke machte mich wütend. Gegen das Ende meiner Rede war ich tatsächlich warm geworden, und jetzt fühlte sich meine Eitelkeit verletzt. Das Stillschweigen dau-

erte ziemlich lange. Ich wollte ihr schon einen Stoß versetzen.

»Was Sie da nur...«, begann sie auf einmal, stockte aber dann.

Aber nun begriff ich schon alles: in ihrer Stimme zitterte schon etwas anderes, nicht mehr die frühere Schroffheit, Herbheit und Widerspenstigkeit, sondern eine gewisse Weichheit und Verschämtheit, eine solche Verschämtheit, daß ich selbst mich auf einmal vor ihr zu schämen anfing und mich ihr gegenüber schuldig fühlte.

»Was willst du sagen?« fragte ich mit zärtlicher Neugier.

»Ach, Sie...«

»Nun, was denn?«

»Was Sie da nur reden... wie aus einem Buche«, sagte sie, und ihre Stimme schien auf einmal wieder einen spöttischen Klang zu haben.

Bei dieser Wahrnehmung fühlte ich innerlich einen Stich. Das hatte ich nicht erwartet.

Ich verstand eben nicht, daß sie absichtlich den Spott als Maske gebrauchte, daß dies der gewöhnliche letzte Kunstgriff schamhaft und keusch empfindender Menschen ist, in deren innerstes Empfinden sich jemand in roher, rücksichtsloser Weise eindrängt, und die sich aus Stolz bis zum letzten Augenblicke nicht ergeben und sich scheuen, vor einem Fremden ihre Empfindungen zu äußern. Schon aus der Zaghaftigkeit, mit der sie erst nach mehreren Anläufen zur Waffe des Spottes griff und sich dazu entschloß, ihre Bemerkung auszusprechen, schon daraus hätte ich erraten sollen, wie es stand. Aber ich erriet es nicht, und ein böses Gefühl bemächtigte sich meiner.

»Warte nur!« dachte ich.

VII

»Ach, nicht doch, Lisa; wie kannst du nur von einem Buche reden, während doch ich selbst als Fernstehender hier ein Gefühl des Ekels habe. Übrigens bin ich eigentlich kein

Fernstehender. All diese Vorstellungen sind jetzt wirklich in meiner Seele erwacht... Hast du selbst denn hier nicht ein Gefühl des Ekels? Nein, da sieht man, daß die Gewohnheit viel vermag! Weiß der Teufel, was die Gewohnheit aus einem Menschen machen kann. Und glaubst du wirklich im Ernst, daß du niemals altern, sondern lebenslänglich hübsch bleiben wirst und man dich hier in alle Ewigkeit behalten wird? Ich rede gar nicht einmal davon, daß es hier greulich ist... Indessen, eines möchte ich dir doch darüber sagen, ich meine über dein jetziges Leben: jetzt bist du jung, nett, hübsch, voll Gemüt und Gefühl; na, aber weiß du wohl, daß ich, als ich vorhin wieder zu mir kam, sogleich ein Gefühl des Ekels darüber empfand, hier mit dir zusammen zu sein? Man kann ja doch nur in betrunkenem Zustande hierher geraten. Wärest du aber an einem andern Orte und lebtest du so, wie ordentliche Leute leben, dann würde ich, ich sage nicht: dir den Hof machen, sondern mich vielleicht einfach in dich verlieben und mich über jedes Wort, ja über jeden Blick von dir freuen; beim Haustore würde ich auf dich passen und vor dir auf die Knie fallen; ich würde mich um deine Hand bewerben und es für eine Ehre halten, wenn mir dieselbe zuteil würde. Ich würde es nicht wagen, etwas Unreines von dir zu denken. Hier aber weiß ich ja, daß ich nur zu pfeifen brauche, dann kommst du zu mir, ob du willst oder nicht, und ich frage dann nicht nach deinem Willen, sondern du nach dem meinigen. Wenn der geringste Mann aus dem niederen Volke sich als Arbeiter verdingt, so begibt er sich doch nicht vollständig in die Sklaverei und weiß auch, daß er zu einem bestimmten Termine wieder frei wird. Aber du, wo hast du einen solchen Termin? Und was verkaufst du in die Sklaverei? Deine Seele, deine Seele, über die du gar nicht einmal zu verfügen berechtigt bist, mitsamt dem Körper! Deine Liebe gibst du jedem Trunkenbolde zur Beschimpfung hin! Deine Liebe! Und das ist ja doch das gesamte Eigentum eines Mädchens, sein Edelstein, sein Schatz, die Liebe. Um diese Liebe zu erringen, ist mancher bereit, sein Leben hinzugeben, in den Tod zu gehen. Aber wie hoch wird deine Liebe hier eingeschätzt? Du bist ja ganz käuflich, mit Haut und Haar; wozu soll da einer erst nach deiner Liebe trachten, wenn er auch ohne Liebe alles erreichen kann? Eine größere Beleidigung kann es ja aber für ein Mädchen gar nicht geben, verstehst du das? Da habe ich nun gehört, man suche euch Närrinnen dadurch zu trösten, daß man euch erlaubt, euch hier Liebhaber zu halten. Aber das ist ja doch nur eine Spielerei, nur ein Betrug, nur Spott über euch; und ihr glaubt, ihr hättet daran wirklich etwas! Wie? Liebt er dich etwa wirklich, dein Liebhaber? Ich kann's nicht glauben. Wie wird er dich lieben, wenn er weiß, daß man dich jeden Augenblick von ihm wegrufen kann? Wenn er sich darein fügt, muß er ein grundgemeiner Mensch sein! Hat er auch nur eine Spur von Achtung vor dir? Was hast du mit ihm gemein? Er macht sich über dich lustig und bestiehlt dich; das ist seine ganze Liebe! Du kannst noch froh sein, wenn er dich nicht schlägt. Aber vielleicht schlägt er dich auch. Frage ihn doch mal, wenn du einen solchen Liebhaber hast, ob er dich heiraten wird. Er wird dir ins Gesicht lachen, wenn er dich nicht anspuckt oder prügelt; und dabei ist er selbst vielleicht nicht einen zerbrochenen Groschen wert. Und was meinst du, für welchen Lohn hast du hier dein Leben zugrunde gerichtet? Dafür, daß man dir Kaffee zu trinken und satt zu essen gibt? Aber zu welchem Zwecke gibt man dir satt zu essen? Ein anderes, ehrenhaftes Mädchen würde keinen solchen Bissen herunterbringen, weil es weiß, wozu es gefüttert wird. Du bist hier deiner Wirtin Geld schuldig, und so wird das immer sein, bis zum letzten Ende, bis zu der Zeit, wo die Besucher anfangen werden, dich zu verschmähen. Und diese Zeit wird schnell herankommen; vertraue nicht auf deine Jugend! Hier geht es ja damit im Galopp. Dann wird deine Wirtin dich hinauswerfen. Und sie wird dich nicht einfach hinauswerfen, sondern vorher lange mit dir herumzanken, dir Vorwürfe machen, dich ausschimpfen, als ob du nicht deine Gesundheit ihr zum Opfer gebracht und deine Jugend und deine Seele für sie zugrunde gerichtet, sondern vielmehr sie um ihre Habe gebracht, sie zur Bettlerin gemacht, sie bestohlen hättest. Und hoffe nicht, daß dir jemand beistehen werde: die andern Mädchen, deine Kameradinnen, werden ebenfalls über dich herfallen, um sich der Wirtin gefällig zu zeigen; denn hier befinden sich alle im Zustande der Sklaverei und haben längst alles Gewissen und Mitleid verloren. Sie sind zur tiefsten Stufe der Nichtswürdigkeit herabgesunken, und es gibt auf der Welt keine garstigeren, gemeineren, kränkenderen Schimpfreden als die, die du dann von ihnen zu hören bekommen wirst. Und alles wirst du hier opfern, alles ohne Ausnahme: deine Gesundheit und deine Jugend und deine Schönheit und deine Hoffnungen, und wirst im Alter von zweiundzwanzig Jahren wie eine Fünfunddreißigjährige aussehen und noch froh sein können und Gott danken müssen, wenn du nicht krank bist. Du denkst jetzt wohl, hier habest du keine Arbeit und könnest ein bequemes Leben führen. Aber eine schwerere Zuchthausarbeit hat es auf der ganzen Welt nie gegeben. Ich glaube, das ganze Herz müßte in Tränen zergehen. Und kein Wort darfst du zu sagen wagen, keine Silbe, wenn du von hier weggejagt wirst; du wirst weggehen wie eine Schuldbeladene. Du wirst in ein anderes Haus gehen, dann in ein drittes, dann noch irgendwohin und wirst zuletzt auf dem Heumarkte anlangen. Dort aber wirst du fortwährend geprügelt werden; das ist dort die liebenswürdige Form des Verkehrs; dort versteht der Besucher es gar nicht, zärtlich zu sein, wenn er das Mädchen nicht vorher geprügelt hat. Du glaubst vielleicht nicht, daß es da so häßlich zugeht? Geh einmal hin und paß auf; vielleicht wirst du es mit deinen eigenen Augen zu sehen bekommen. Ich habe dort einmal am Neujahrstage ein Mädchen an der Tür gesehen. Ihre Hausgenossen warfen sie zum Spott hinaus, damit sie ein bißchen durchfrieren sollte, weil sie gar zu sehr geheult hatte; und die Tür machten sie hinter ihr zu. Um neun Uhr morgens war sie schon vollständig betrunken, zerzaust, halbnackt, ganz zerprügelt. Ihr Gesicht war weiß geschminkt; aber die Augen lagen in schwarzen Beulen, und aus Mund und Nase lief ihr das Blut; irgendein Droschkenkutscher hatte soeben sein Mütchen an ihr gekühlt. Sie setzte sich auf die Steinstufen; in der Hand hatte sie einen Salzfisch; sie heulte, jammerte über ihr ›trauriges

Schicksal‹ und schlug mit dem Fisch auf die Stufen. Um sie herum drängten sich Droschkenkutscher und betrunkene Soldaten und hänselten sie. Du glaubst nicht, daß auch du einmal eine ebensolche werden wirst? Auch ich würde es nicht glauben wollen; aber woher weißt du es: vielleicht war zehn, acht Jahre vorher dieses selbe Mädchen mit dem Salzfisch von irgendwo hierher gekommen, frisch und unschuldig und rein wie ein Engel Gottes; sie wußte von nichts Schlechtem und errötete über jedes arge Wort. Vielleicht war sie von gleicher Art wie du, stolz, empfindlich, den anderen unähnlich; sie sah wie eine Königin aus und wußte selbst, welch ein hohes Glück denjenigen erwartete, der sie liebgewinnen und dessen Liebe sie erwidern würde. Und siehst du nun, womit es geendet hat? Wie? Wenn ihr nun gerade in dem Augenblicke, als sie mit diesem Fische auf die schmutzigen Stufen schlug, betrunken und zerzaust, wenn ihr in diesem Augenblicke all ihre früheren reinen Jahre im Vaterhause ins Gedächtnis kamen, als sie noch zur Schule ging und der Nachbarsohn sie auf dem Wege erwartete und ihr beteuerte, daß er sie sein ganzes Leben lang lieben und ihr sein Dasein widmen werde, und als sie miteinander verabredeten, einander lebenslänglich zu lieben und sich zu heiraten, sobald sie groß geworden sein würden! Nein, Lisa, es wird noch ein Glück, ein wahres Glück für dich sein, wenn du dort irgendwo in einem Winkel im Kellergeschoß möglichst bald an der Schwindsucht stirbst, wie das Mädchen von gestern. Du sagst, ein Mädchen müsse sich ins Krankenhaus bringen lassen. Gut, wenn man sie dahin bringt; aber wenn die Wirtin sie nun noch brauchen kann? Die Schwindsucht ist eine solche Krankheit; das ist kein hitziges Fieber. Dabei hofft der Mensch, noch bis zum letzten Augenblicke und sagt, er sei gesund; er tröstet sich selbst. Aber für die Wirtin ist das gerade vorteilhaft. Du kannst sicher sein, es ist so; du hast ja deine Seele verkauft, und der Wirtin bist du überdies Geld schuldig; also darfst du nicht einmal mucksen. Wenn du aber im Sterben liegst, kümmert sich kein Mensch mehr um dich; alle wenden sich von dir ab; denn was können sie von dir noch für Nutzen haben? Sie machen dir noch Vorwürfe, daß du unnütz einen Platz einnimmst und nicht schnell genug stirbst. Wenn du trinken willst, kannst du lange bitten, und sie reichen dir nur mit Schimpfworten etwas: ›Wann wirst du denn endlich krepieren, du Aas; du störst uns im Schlafe; die Besucher werden verdrießlich.‹ Das ist zuverlässig so; ich habe solche Reden selbst gehört. Wenn du im Verscheiden bist, stecken sie dich in den unsaubersten Winkel der Kellerwohnung, wo es dunkel und feucht ist; welches werden dann deine Gedanken sein, wenn du da so allein liegst? Sobald du gestorben bist, läßt man die Leiche eilig unter ungeduldigem Gebrumm von fremden Händen zurechtmachen; niemand segnet dich, niemand seufzt um dich; sie möchten dich nur so schnell wie möglich loswerden. Als Sarg kaufen sie einen ausgehöhlten Baumstamm und tragen dich hinaus, wie sie gestern jenes arme Mädchen hinausgetragen haben, und gehen zum Gedächtnistrinken in die Schenke. Im Grabe ist schlackriger, ekelhafter Schmutz und nasser Schnee; die Leute werden sich doch um deinetwillen nicht erst Umstände machen? ›Laß sie runter, Iwan; na, nu sieh mal an, so 'ne Geschichte: auch hier geht sie mit den Beinen nach oben, so 'n Frauenzimmer! Faß doch die Stricke kürzer, Schlingel!‹ – ›Es geht auch so.‹ – ›Was heißt: geht auch so? Sie liegt ja auf der Seite. Sie ist doch auch ein Mensch gewesen; oder meinst du nicht? Na, dann ist's gut; schütte zu!‹ Nicht einmal schimpfen mögen sie sich um deinetwillen lange. Sie schütten das Grab so schnell wie möglich mit der nassen, bläulichen Lehmerde zu und gehen dann in die Schenke ... Damit hat dein Andenken auf Erden ein Ende; zu anderen kommen die Kinder, die Väter, die Ehemänner ans Grab; aber an deinem Grabe fließt keine Träne, ertönt kein Seufzer, gedenkt deiner niemand. Kein Mensch, kein Mensch auf der ganzen Welt kommt jemals zu dir; dein Name verschwindet von dem Antlitze der Erde, gerade als wärest du überhaupt nicht dagewesen, als wärest du nie geboren! In Schmutz und Sumpf liegst du da, magst du auch nachts, wenn die Toten aufstehen, an den Sargdeckel pochen und rufen: ›Laßt mich noch einmal auf die Welt, ihr guten Leute, damit ich noch ein bißchen lebe! Ich habe gelebt, ohne von meinem Leben etwas gehabt zu haben; mein Leben war ein elendes, klägliches; in einer Schenke am Heumarkt ist die Gedächtnisfeier begangen worden; laßt mich noch einmal ein bißchen auf der Erde leben, ihr guten Leute!«

Ich war dermaßen in eine pathetische Redeweise hineingeraten, daß ich einen Kehlkrampf herannahen fühlte, und ... auf einmal hielt ich inne, richtete mich erschrocken halb auf und begann mit ängstlich geneigtem Kopfe und stark pochendem Herzen zu lauschen. Und zur Aufregung hatte ich allen Grund.

Schon lange hatte ich geahnt, daß ich ihr die ganze Seele umkehrte und ihr das Herz zerriß, und je sicherer mir diese Vermutung wurde, um so mehr wünschte ich, mein Ziel möglichst schnell und möglichst vollständig zu erreichen. Das Spiel, das ich trieb, riß mich hin; übrigens war es nicht ein bloßes Spiel.

Ich wußte, daß ich steif, gekünstelt, ja mit einem Worte buchmäßig redete, und ich verstand auch gar nicht anders zu reden als »wie aus einem Buche«. Aber das setzte mich nicht in Verlegenheit; ich wußte ja, ich fühlte, daß ich verstanden wurde, und daß gerade diese buchmäßige Ausdrucksweise der Sache noch förderlich sein konnte. Aber jetzt, wo ich die Wirkung erzielt hatte, wurde ich auf einmal ängstlich. Nein, noch nie, noch nie in meinem Leben war ich Zeuge einer solchen Verzweiflung gewesen! Sie lag mit dem Gesichte nach unten, drückte es fest in das Kissen und umfaßte dieses mit beiden Armen. Die Brust wollte ihr zerspringen. Ihr ganzer junger Leib zuckte wie in Krämpfen. Das in der Brust zusammengepreßte Schluchzen beengte diese, zerriß sie und bahnte sich plötzlich in Jammerlauten und Geschrei einen Ausgang. Da drückte sie sich noch fester gegen das Kissen: sie wollte, daß niemand hier, keine lebende Seele von ihrer Qual und von ihren Tränen etwas merkte. Sie biß in das Kissen, biß sich den Arm blutig (das sah ich nachher), krallte sich mit den Fingern in ihre aufgelösten Haarflechten, hielt den Atem an, preßte die Zähne aufeinander und wurde ganz starr vor übermäßiger Anstrengung. Ich wollte etwas zu ihr sagen; ich bat sie, sich zu beruhigen; aber ich fühlte, daß ich das nicht durfte; selbst am ganzen Leibe von einem Fieberschauder geschüttelt und beinah von Entsetzen gepackt, sprang ich plötzlich auf und begann tastend, so gut es ging, mich zum Weggehen fertigzumachen. Es war dunkel; so sehr ich mich auch bemühte, konnte ich damit doch nicht so schnell zustande kommen. Auf einmal fand ich beim Herumfühlen ein Streichholzschächtelchen und einen Leuchter mit einem ganzen, noch nicht angezündet gewesenen Lichte. Sowie das Zimmer hell wurde, sprang Lisa plötzlich vom Bette auf, setzte sich hin und sah mich mit ganz entstelltem Gesichte, mit einem halbwahnsinnigen Lächeln wie von Sinnen an. Ich setzte mich neben sie und ergriff ihre Hände; sie kam wieder zu sich, machte eine Bewegung zu mir hin, als ob sie mich umarmen wollte, wagte es aber doch nicht und ließ leise den Kopf vor mir sinken.

»Lisa, liebes Kind, ich habe unrecht getan... verzeih mir«, begann ich; aber der kräftige Druck, mit dem sie meine Hände zwischen ihren Fingern zusammenpreßte, ließ mich erraten, daß meine Worte unangebracht waren, und ich schwieg.

»Da hast du meine Adresse, Lisa; komm zu mir!«

»Ja, ich werde kommen...«, flüsterte sie in festem Tone; aber den Kopf hob sie immer noch nicht in die Höhe.

»Jetzt aber werde ich weggehen; lebe wohl... auf Wiedersehen!«

Ich stand auf, und sie erhob sich ebenfalls; auf einmal aber errötete sie über das ganze Gesicht, zuckte zusammen, ergriff ihr Tuch, das auf einem Stuhle lag und schlug es um Schultern und Brust bis ans Kinn hinauf. Nachdem sie das getan hatte, lächelte sie wieder in einer schmerzlichen Weise, errötete und sah mich seltsam an. Mir war weh ums Herz; ich hatte es eilig, wegzugehen und zu verschwinden.

»Warten Sie einen Augenblick!« sagte sie plötzlich, als wir schon auf dem Flur dicht bei der Tür waren, hielt mich mit der Hand am Mantel zurück, stellte hastig das Licht hin und lief fort; offenbar war ihr etwas eingefallen, und sie wollte etwas holen, um es mir zu zeigen. Als sie weglief, war sie wie-

der ganz rot geworden, ihre Augen glänzten, auf ihren Lippen zeigte sich ein Lächeln: was mochte sie nur haben? Ich wartete in unwillkürlicher Spannung. Eine Minute darauf kehrte sie wieder zurück mit einem Blicke, der für etwas um Verzeihung zu bitten schien. Überhaupt war das nicht mehr jenes Gesicht und jener Blick wie am Anfang: finster, mißtrauisch und starr. Ihr Blick war jetzt bittend, weich und zugleich zutraulich, freundlich und schüchtern. So blicken Kinder jemanden an, den sie sehr liebhaben und den sie um etwas bitten. Sie hatte hellbraune Augen, schöne, lebhafte Augen, die es verstanden, sowohl Liebe als auch finsteren Haß widerzuspiegeln.
Ohne mir eine Erklärung zu geben, als ob ich wie ein höheres Wesen alles auch ohne Erklärungen verstehen müßte, hielt sie mir ein Blatt Papier hin. Ihr ganzes Gesicht strahlte in diesem Augenblicke nur so auf in einem überaus naiven, fast kindlichen Gefühle des Triumphes. Ich faltete das Blatt auseinander. Es war ein Brief, den ein Student der Medizin oder etwas Ähnliches an sie gerichtet hatte, eine sehr schwülstige, blumenreiche, aber außerordentlich respektvolle Liebeserklärung. Ich habe die einzelnen Ausdrücke jetzt nicht mehr im Gedächtnisse; aber ich erinnere mich noch sehr gut, daß durch die hochtrabenden Wendungen ein echtes Gefühl hindurchblickte, das sich nicht fingieren läßt. Als ich zu Ende gelesen hatte, begegnete ich ihrem auf mich gerichteten heißen, gespannten, kindlich ungeduldigen Blicke. Sie hing mit den Augen ordentlich an meinem Gesichte und wartete ungeduldig, was ich sagen würde. Mit wenigen Worten und eilig, aber mit einer Art von freudigem Stolze sagte sie mir zur Erklärung, sie sei irgendwo auf einem Tanzabend gewesen, in einer Familie, »bei sehr, sehr guten Leuten, in einer Familie, und wo sie noch nichts, gar nichts wissen«; denn sie sei ja auch hier erst seit kurzem und nur so vorläufig und hätte sich überhaupt noch nicht dazu entschlossen, da zu bleiben, und werde unbedingt weggehen, sowie sie ihre Schuld werde abbezahlt haben... Na, und da sei denn auch dieser Student gewesen und habe den ganzen Abend mit ihr getanzt und geredet, und es habe sich

herausgestellt, daß er ebenfalls aus Riga stammte und schon als kleiner Knabe mit ihr bekannt gewesen war, und daß sie miteinander gespielt hatten; nur sei das schon sehr lange her; und er kenne auch ihre Eltern; aber »davon« wisse er nichts, nichts, nichts und argwöhne auch nichts! Und am Tage nach der Tanzgesellschaft (das heißt, vor drei Tagen) habe er ihr durch ihre Freundin, mit der sie zu der Gesellschaft gegangen sei, diesen Brief geschickt... und... na, das sei alles. Sie schlug wie verschämt ihre leuchtenden Augen nieder, als sie mit ihrer Erzählung fertig war.

Die Ärmste, sie bewahrte den Brief dieses Studenten wie eine Kostbarkeit auf und war hingelaufen, um diese ihre einzige Kostbarkeit zu holen, weil sie nicht wollte, daß ich wegginge, ohne erfahren zu haben, daß auch sie ehrenhaft und aufrichtig geliebt werde und jemand mit ihr respektvoll rede. Gewiß ist es diesem Briefe beschieden, für immer in der Schatulle ohne weitere Folgen zu liegen. Aber wenn auch; ich bin überzeugt, daß sie ihn ihr ganzes Leben lang wie eine Kostbarkeit aufbewahren wird, wie ihren Stolz und ihre Rechtfertigung; hatte sie doch auch jetzt in einem solchen Augenblicke an diesen Brief gedacht und ihn mir gebracht, um vor mir naiv damit zu prahlen und ihr Ansehen in meinen Augen zu erhöhen; auch ich sollte ihn sehen und loben. Ich sagte nichts, drückte ihr die Hand und ging hinaus. Es war mir ein Bedürfnis fortzugehen. Ich ging den ganzen Weg zu Fuß, trotzdem es immer noch mit großen Flokken schneite. Ich fühlte mich erschöpft, bedrückt, von verständnisloser Benommenheit gequält. Aber die Wahrheit blitzte schon durch die Benommenheit hindurch. Die häßliche Wahrheit!

VIII

Es dauerte übrigens lange, bis ich mich dazu verstand, diese Wahrheit anzuerkennen. Als ich am Morgen nach einigen Stunden eines tiefen, bleiernen Schlafes aufgewacht war und mir sogleich den ganzen vorhergehenden Tag ins Gedächtnis zurückgerufen hatte, wunderte ich mich sogar über die »Sentimentalität«, die ich im Gespräche mit Lisa an den Tag gelegt hatte, und über all diese »Empfindungen von Schrecken und Mitleid«. »Daß einen eine solche weibische Nervenschwäche überkommen kann, pfui Teufel!« dachte ich. »Und wozu habe ich ihr meine Adresse gegeben? Wie nun, wenn sie zu mir kommt? Übrigens, mag sie meinetwegen auch kommen; es schadet nichts«... Aber das war jetzt offenbar nicht die Hauptsache, nicht das Wichtigste; ich mußte mich beeilen und um jeden Preis so schnell wie möglich meine Reputation in Swerkows und Simonows Augen wiederherstellen. Das war die Hauptsache. Lisa aber vergaß ich, mit diesen Sorgen beschäftigt, an diesem Morgen sogar vollständig.

Vor allen Dingen mußte ich unverzüglich an Simonow meine Schuld vom vorhergehenden Tage zurückzahlen. Ich entschloß mich zu einem verzweifelten Mittel: mir ganze fünfzehn Rubel von Anton Antonowitsch zu borgen. Es traf sich gut, daß er an diesem Morgen bei vorzüglicher Laune war: er gab mir das Geld sofort, auf die erste Bitte hin. Ich freute mich darüber so, daß ich, während ich den Wechsel unterschrieb, ihm mit dem Air eines Lebemannes in lässigem Tone erzählte, ich hätte gestern mit Freunden an einem Gelage im Hotel de Paris teilgenommen; »es war ein Abschiedsessen für einen Schulkameraden, ja ich kann sagen für einen Jugendfreund; und wissen Sie, er ist ein gewaltiger Bonvivant, an ein luxuriöses Leben gewöhnt; na, selbstverständlich von guter Familie, beträchtliches Vermögen, glänzende Karriere, geistreich, liebenswürdig, hat Liebesintrigen mit vornehmen Damen, Sie verstehen. Wir haben ein halb Dutzend Flaschen mehr getrunken, als gut war, und...« Und es machte sich nicht übel: ich brachte das alles mit großer Leichtigkeit, Ungezwungenheit und Selbstzufriedenheit heraus.

Als ich nach Hause gekommen war, schrieb ich sogleich an Simonow.

Noch heutigen Tages erinnere ich mich mit Vergnügen an den wahrhaft eines Gentlemans würdigen, gutmütigen, of-

fenherzigen Ton meines Briefes. In gewandter und vornehmer Weise, vor allen Dingen aber ganz ohne überflüssige Worte nahm ich die Schuld an allem Geschehenen auf mich. Ich entschuldigte mich, »wenn es mir überhaupt gestattet ist, mich noch zu entschuldigen«, damit, daß ich, an den Genuß von Alkohol ganz und gar nicht gewöhnt, schon durch das erste Glas Branntwein betrunken geworden sei, das ich (wie ich angab) noch vor ihrer Ankunft, als ich auf sie im Hotel de Paris wartete, zwischen fünf und sechs Uhr getrunken hätte. Meine Bitte um Entschuldigung richtete ich vornehmlich an Simonow; ihn aber bat ich, von meinen Erklärungen auch allen andern Mitteilung zu machen, besonders Swerkow, den ich »nach meiner nebelhaften Erinnerung« wohl beleidigt hätte. Ich fügte hinzu, ich würde selbst zu allen hinfahren, wenn ich nicht heftige Kopfschmerzen hätte und noch mehr mich schämte. Besonders zufrieden war ich mit dieser »Légèreté«, ja beinah Lässigkeit (übrigens von durchaus anständiger Art), die sich auf einmal in meiner Schreibweise bekundete und ihnen besser als alle möglichen Auseinandersetzungen von vornherein zu verstehen gab, daß ich »diese ganze gestrige widerwärtige Geschichte« sehr kaltblütig ansähe und ganz und gar nicht zu Boden geschmettert wäre, wie die Herren wahrscheinlich dächten, sondern vielmehr die Sache mit der Gemütsruhe betrachtete, mit der ein sich selbst achtender Gentleman sie betrachten müsse. »Einem frischen jungen Manne ist aus so etwas kein Vorwurf zu machen«, das sollte ihnen als meine Anschauung erscheinen.
»Und was liegt sogar für ein scherzhafter Esprit darin, der eines Marquis würdig wäre!« dachte ich voll Bewunderung, als ich mein Schriftstück noch einmal durchlas. »Und das kommt alles daher, daß ich ein fortschrittlich entwickelter, gebildeter Mensch bin! Ein anderer würde an meiner Stelle nicht wissen, wie er sich aus der Klemme ziehen solle; aber ich habe mir schon herausgeholfen und bin schon wieder fidel, und alles daher, daß ich ein gebildeter, fortschrittlich entwickelter Mensch der Neuzeit bin. Und vielleicht ist das auch wirklich gestern alles vom Alkohol hergekommen.

Hm! ... aber nein, vom Alkohol kann es nicht gekommen sein. Branntwein habe ich überhaupt nicht getrunken, als ich von fünf bis sechs auf sie wartete. Ich habe Simonow belogen, gewissenlos belogen; aber ich mache mir kein Gewissen daraus...

Übrigens scher' ich mich den Teufel um die ganze Geschichte. Die Hauptsache ist, daß ich sie hinter mir habe.«

Ich legte sechs Rubel in den Brief, siegelte ihn zu und ersuchte Apollon, ihn zu Simonow hinzutragen. Als Apollon hörte, daß in dem Briefe Geld liege, wurde er höflicher und erklärte sich bereit hinzugehen. Gegen Abend ging ich aus, um einen Spaziergang zu machen. Ich hatte vom vorhergehenden Tage her noch Kopfschmerz und ein Gefühl des Schwindels. Aber je mehr der Abend heranrückte, und je mehr sich die Dämmerung verdichtete, um so mehr änderten und verwirrten sich meine Empfindungen und mit ihnen auch meine Gedanken. Es war da in meinem Innern, in der Tiefe meines Herzens und Gewissens, etwas, was nicht starb, nicht sterben wollte und sich in einem brennenden Schmerze kundgab. Ich drängte mich vorzugsweise in den belebtesten Geschäftsstraßen umher, in der Meschtschanskaja-Straße, in der Sadowaja-Straße und am Jussupow-Garten. Besonders liebte ich es immer, in diesen Straßen in der Dämmerung umherzugehen, namentlich wenn dort die bunte Menge der Passanten dichter wird: es sind das Geschäftsleute und Handwerker, die mit sorgenvollen, ja ärgerlichen Gesichtern von ihrer Tagesarbeit nach Hause gehen. Es gefiel mir besonders dieses Hasten um den kleinen Gewinn, dieses brutal prosaische Treiben. Diesmal aber hatte dieses ganze Straßengedränge die Wirkung, meine Nerven noch mehr zu reizen. Ich konnte schlechterdings nicht mit mir zurechtkommen und zu einem Abschluß gelangen. In meiner Seele erhob sich etwas, erhob sich unaufhörlich schmerzend und wollte sich nicht beruhigen. Ganz verstört kehrte ich nach Hause zurück. Ich hatte eine Empfindung, als ob ein Verbrechen auf meiner Seele lastete.

Es quälte mich beständig der Gedanke, daß Lisa kommen könnte. Sonderbar kam es mir vor, daß von all den Erinnerungen an den vergangenen Tag die Erinnerung an sie mich besonders, gewissermaßen ganz abgesondert von den übrigen, quälte. Alles andere hatte ich gegen Abend schon vollständig vergessen; ich hatte es mit einer geringschätzigen Gebärde hinter mich geworfen und war mit meinem Briefe an Simonow immer noch ganz zufrieden. Aber was jene Sache anlangte, so war ich eigentümlicherweise nicht mehr zufrieden. Es war gerade, als wenn ich mich lediglich um Lisa quälte. »Wie nun, wenn sie kommt?« dachte ich unaufhörlich. »Nun gut, das schadet ja nichts; mag sie kommen! Hm! Unangenehm ist zum Beispiel schon allein dies, daß sie sehen wird, wie ich lebe. Gestern erschien ich ihr gegenüber als ein solcher Held... aber jetzt, hm! Das ist aber auch wirklich unangenehm, daß ich so heruntergekommen bin. Es sieht geradezu bettlermäßig in meiner Wohnung aus. Und ich habe es fertiggebracht, gestern in einem solchen Anzuge zum Diner zu fahren! Und mein Wachstuchsofa, aus dem die Bastfüllung herauskommt! Und mein Schlafrock, mit dem ich meinen Körper nicht bedecken kann! Welche Lumpen!... Und sie wird das alles sehen; auch meinen Apollon wird sie sehen. Dieser Racker wird sie gewiß beleidigen. Er wird gegen sie ungezogen sein, um mich zu ärgern. Ich aber werde selbstverständlich nach meiner Gewohnheit es mit der Angst bekommen, werde vor ihr hin und her trippeln und mich mit meinen Schlafrockschößen zu bedecken suchen, werde lächeln und lügen. Ach, wie häßlich! Und das ist noch nicht einmal das Häßlichste! Es gibt noch etwas Wichtigeres, Garstigeres, Gemeineres! Ja, Gemeineres! Daß ich wieder, wieder diese ehrlose, lügnerische Maske vorbinden muß!...«

Als ich bis zu diesem Gedanken gelangt war, fuhr ich heftig auf:

»Warum soll diese Maske ehrlos sein? Worin besteht die Ehrlosigkeit? Ich habe gestern aufrichtig gesprochen. Ich erinnere mich, daß auch in mir echte Empfindung vorhanden war. Ich beabsichtigte gerade, in ihr edle Empfindungen wachzurufen... Wenn sie zu weinen anfing, so war das ganz gut; das wirkt wohltätig...«

Aber trotzdem konnte ich mich absolut nicht beruhigen. Diesen ganzen Abend über, noch als ich schon nach Hause zurückgekehrt war, noch nach neun Uhr, als in keiner Weise mehr mit der Möglichkeit von Lisas Kommen zu rechnen war, schwebte mir ihr Bild vor, und was die Hauptsache war, ich hatte sie immer in ein und derselben Situation vor Augen. Speziell ein bestimmter Augenblick von all den Ereignissen des vorhergehenden Tages stand mir besonders klar vor der Seele: der Augenblick, als ich das Zimmer mit dem Streichholz erleuchtete und ihr blasses, verzerrtes Gesicht mit dem gequälten Blicke sah. Und was für ein klägliches, unnatürliches, verzerrtes Lächeln in jenem Augenblicke auf ihrem Gesichte lag! Aber ich wußte damals noch nicht, daß ich noch nach fünfzehn Jahren mir Lisa immer gerade mit diesem kläglichen, verzerrten, unangebrachten Lächeln vorstellen würde, das sie damals gezeigt hatte.
Am andern Tage war ich schon wieder geneigt, das alles für Unsinn, für Nervenüberreizung und vor allen Dingen für Übertreibung zu halten. Ich hatte immer diese meine schwache Seite gekannt und mich manchmal sehr vor ihr gefürchtet: »Ich übertreibe alles; das ist mein Fehler«, wiederholte ich mir allstündlich. Aber »übrigens wird Lisa doch vielleicht kommen«, das war der Refrain, mit dem damals alle meine Überlegungen schlossen. Ich beunruhigte mich dermaßen, daß ich manchmal in Wut geriet: »Sie wird kommen; unbedingt wird sie kommen!« rief ich aus und rannte dabei im Zimmer hin und her; »wenn nicht heute, so wird sie morgen kommen und wird mich antreffen! All diese ›reinen Herzen‹ haben diesen verdammten Hang zum Romantischen! O über die Ekelhaftigkeit, Dummheit, Borniertheit dieser garstigen ›sentimentalen Seelen‹! Na, wie kann man das nur nicht begreifen, wie kann man das nur nicht begreifen?« Aber hier stockte ich selbst und sogar in starker Betroffenheit.
»Und wie weniger Worte«, dachte ich so nebenbei, »wie weniger idyllischer Schilderungen bedurfte es (und diese idyllischen Schilderungen waren noch dazu unecht, buchmäßig, ein Kunstprodukt), um sofort einem menschlichen Leben

die Richtung zu geben, die ich wollte! Das macht die Jungfräulichkeit und die Frische des Bodens!«
Manchmal kam mir der Gedanke, selbst zu ihr hinzufahren, »ihr alles zu erzählen« und sie zu bitten, sie möchte nicht zu mir kommen. Aber da, bei diesem Gedanken, wurde in mir ein solcher Ingrimm rege, daß ich, wie ich glaube, diese »verdammte« Lisa zermalmt hätte, wenn sie auf einmal neben mir gestanden hätte; beleidigt hätte ich sie, angespuckt, hinausgejagt, geprügelt!
Aber es verging ein Tag, ein zweiter, ein dritter – sie kam nicht, und ich begann mich zu beruhigen. Besonders munter und heiter pflegte ich nach neun Uhr abends zu werden, ja ich überließ mich dann sogar manchmal Träumereien, und zwar solchen von recht angenehmer Art; ich sagte mir zum Beispiel: »Ich rette Lisa gerade dadurch, daß sie zu mir kommt und ich mit ihr rede. Ich unterrichte und bilde sie. Schließlich bemerke ich, daß sie mich liebt, leidenschaftlich liebt. Ich tue, als ob ich es nicht wahrnähme (ich weiß eigentlich nicht, warum ich so tue; wahrscheinlich nur so um des guten Scheines willen). Zuletzt wirft sie, das schöne Mädchen, ganz verwirrt, zitternd und schluchzend sich mir zu Füßen und sagt, ich sei ihr Retter und sie liebe mich mehr als alles auf der Welt. Ich bin erstaunt, aber... ›Lisa‹, sage ich, ›meinst du denn, daß ich deine Liebe nicht bemerkt habe? Ich habe alles gesehen, alles erraten; aber ich durfte nicht als erster an dein Herz herantreten, weil ich für dich eine Respektsperson war und fürchtete, du könntest dich aus Dankbarkeit absichtlich zwingen, meine Liebe zu erwidern, und selbst gewaltsam in deinem Herzen ein Gefühl hervorzurufen, das vielleicht vorher nicht vorhanden war; das wollte ich aber nicht; denn das ist Despotismus. Das ist taktlos‹« (nun, kurz gesagt, ich verhedderte mich da in so einer westeuropäischen, George Sandschen, unsagbar edlen Finesse). »›Aber jetzt, jetzt bist du mein; du bist mein Geschöpf; du bist rein und schön; du bist mein schönes Weib.

> Als volle, wahre Herrin tritt
> Erhobnen Hauptes in mein Haus!‹

Darauf führen wir dann ein schönes Leben, reisen ins Ausland...« Und so ging das noch eine ganze Weile weiter. Aber diese Phantasien wurden mir schließlich selbst zuwider, und das Ende vom Liede war, daß ich mir selbst die Zunge herausstreckte.
»Aber die Wirtin wird ihr, ›so einem gemeinen Frauenzimmer‹, gar nicht die Erlaubnis zum Ausgehen geben«, dachte ich. »Ich glaube, diese Mädchen dürfen nicht viel spazierengehen, am wenigsten abends« (ich hatte aus unklarem Grunde die Vorstellung, sie müsse unbedingt am Abend kommen, speziell um sieben Uhr). »Indessen hat sie gesagt, sie habe sich noch nicht vollständig in die Knechtschaft begeben, sondern genieße besondere Rechte; also, hm! Hol's der Teufel, sie wird kommen, bestimmt kommen!«
Es war noch ein Glück, daß mich in dieser Zeit Apollon durch seine Grobheiten zerstreute. Er brachte mich um den letzten Rest meiner Geduld! Er war mein Plagegeist, die Geißel, die mir die Vorsehung gesandt hatte. Ich und er, wir führten schon seit mehreren Jahren einen ununterbrochenen Krieg miteinander, und ich haßte ihn. O Gott, und wie haßte ich ihn! Ich glaube, ich hatte in meinem ganzen Leben noch keinen Menschen so gehaßt, wie ich ihn haßte, namentlich in manchen Augenblicken. Er war schon bei Jahren, hatte ein würdevolles Wesen und beschäftigte sich zum Teil mit Schneiderei. Aber (ich weiß nicht warum) er verachtete mich, und sogar in einer maßlosen Weise, und benahm sich gegen mich mit einem unerträglichen Hochmute. Übrigens behandelte er alle Menschen sehr von oben herab. Man brauchte nur diese weißen Augenbrauen und Wimpern, diesen glattgekämmten Kopf, diese Tolle, die er sich über der Stirn frisierte und mit Fastenöl salbte, diesen ernsten, immer spitz zusammengedrückten Mund anzusehen, und man fühlte, daß eine Persönlichkeit vor einem stand, die niemals an ihrer eigenen Vortrefflichkeit zweifelte. Er war im höchsten Grade Pedant, der größte Pedant, mit dem ich jemals auf der Erde zusammengekommen bin, und dabei von einem Selbstgefühl, wie es höchstens für Alexander den Großen gepaßt hätte. Er war in jeden Knopf, den er am Leib

trug, in jeden seiner Fingernägel verliebt, entschieden verliebt; das sah man ihm an! Er benahm sich gegen mich wie ein reiner Despot, redete mit mir äußerst wenig, und wenn es sich so traf, daß er mich ansah, so tat er das mit einem festen, majestätisch-selbstbewußten, beständig spöttischen Blicke, der mich manchmal geradezu wütend machte. Seine Obliegenheiten verrichtete er mit einer Miene, als ob er mir die größte Gnade erwiese. Übrigens tat er für mich so gut wie nichts und hielt sich überhaupt nicht für verpflichtet, etwas zu tun. Es konnte kein Zweifel darüber bestehen, daß er mich für den größten Dummkopf auf der ganzen Welt hielt und, wenn er »die Beziehungen zu mir fortbestehen ließ«, dies einzig und allein deswegen tat, weil er von mir monatlich Lohn beziehen konnte. Er war damit einverstanden, für einen Monatslohn von sieben Rubel bei mir nichts zu tun. Für den Ärger, den ich mit ihm hatte, werden mir gewiß einmal viele Sünden verziehen werden. Mein Haß gegen ihn steigerte sich mitunter so, daß ich beim bloßen Anblicke seines Ganges beinah Krämpfe bekam. Besonders widerwärtig aber war mir seine Art zu lispeln und zu zischen. Er hatte eine etwas zu lange Zunge oder so etwas Ähnliches, infolge wovon er beständig lispelte und zischte, und ich glaube, er war darauf furchtbar stolz in der Vorstellung, daß ihm das eine außerordentliche Würde verleihe. Er sprach leise und gemessen, legte dabei die Hände auf den Rücken und schlug die Augen nieder. Besonders brachte er mich in Wut, wenn er manchmal anfing, in seinem Kämmerchen hinter der Halbwand Psalmen zu lesen. Ihn lesen zu hören, war für mich eine wahre Folter. Aber er liebte es außerordentlich, abends Psalmen zu lesen, mit seiner leisen, gleichmäßigen Stimme, in etwas singendem Tone, ganz wie das neben einer Leiche üblich ist. Es ist interessant, daß er das schließlich zu seiner Haupttätigkeit gemacht hat: er beschäftigt sich jetzt berufsmäßig damit, bei Leichen die Psalmen zu lesen; außerdem vertilgt er Ratten und fabriziert Wichse. Aber damals war ich nicht imstande, ihn wegzujagen; es war, als wäre er mit meiner Existenz chemisch verbunden. Zudem hätte auch er selbst um keinen Preis eingewilligt, von mir wegzugehen. In einer Chambre garnie zu wohnen, das war mir unmöglich: meine Wohnung war mein Separatwinkel, meine Schildkrötenschale, mein Futteral, in dem ich mich vor der ganzen Menschheit versteckte; Apollon aber erschien mir (weiß der Teufel warum) als ein notwendiges Zubehör zu dieser Wohnung, und ich brachte es ganze sieben Jahre lang nicht fertig, ihn wegzujagen.

Es war zum Beispiel ein Ding der Unmöglichkeit, ihm seinen Lohn auch nur für zwei oder drei Tage vorzuenthalten. Er hätte mich in einer solchen Weise behandelt, daß ich nicht gewußt haben würde, wo ich bleiben sollte. Aber in diesen Tagen war ich dermaßen auf alle Menschen ergrimmt, daß ich, ohne mir über den Grund und Zweck klar zu sein, mir vornahm, Apollon zu *bestrafen* und ihm seinen Lohn erst nach vierzehn Tagen auszuzahlen. Ich hatte schon vor langer Zeit, schon vor ein paar Jahren, einmal versucht, dies zu tun, lediglich um ihm zu zeigen, daß er sich mir gegenüber nicht so aufspielen dürfe, und daß ich, wenn ich wolle, ihm seinen Lohn jederzeit vorenthalten könne. Ich hatte mir damals vorgenommen, zu ihm kein Wort darüber zu sagen und sogar absichtlich zu schweigen, um seinen Stolz zu brechen und ihn dazu zu zwingen, daß er selbst als erster von dem Lohne zu reden anfing. Dann wollte ich die ganzen sieben Rubel aus dem Tischkasten herausnehmen, ihm zeigen, das ich das Geld besäße und expreß beiseitegelegt hätte, ihm aber sagen, ich wolle ihm seinen Lohn nicht geben, ich wolle es nicht, wolle es einfach nicht, weil das nun einmal so mein Wille als Herr sei; denn er benehme sich respektlos und sei ein Grobian; aber wenn er mich respektvoll bitte, dann würde ich mich vielleicht erweichen lassen und ihm das Geld geben; andernfalls könne er noch vierzehn Tage warten oder drei Wochen oder einen ganzen Monat...

Aber wie grimmig ich damals auch war, so hatte er mich dennoch besiegt. Ich hatte es nicht einmal vier Tage lang ausgehalten. Er hatte mit demjenigen Mittel angefangen, mit dem er in ähnlichen Fällen immer anfing (denn ähnliche Fälle hatte es schon mehrere gegeben, so probeweise, und

ich bemerke, daß ich alles vorherwußte und seine gemeine Taktik auswendig kannte); nämlich er pflegte das so zu machen: Er begann damit, einen außerordentlich ernsten Blick auf mich zu richten und ihn mehrere Minuten lang nicht von mir abzuwenden, namentlich wenn ich die Wohnung verließ oder er mich bei meiner Rückkehr empfing. Wenn ich dann standhielt und tat, als ob ich diese Blicke gar nicht bemerkte, so schritt er, immer noch schweigend wie vorher, zum zweiten Grade der Folter. Er pflegte dann auf einmal ohne jeden äußeren Anlaß mit leisem, weichen Gange in mein Zimmer zu kommen, wenn ich darin auf und ab ging oder las, an der Tür stehen zu bleiben, die eine Hand auf den Rücken zu legen, den einen Fuß seitwärts zu stellen und seinen Blick, der dann nicht mehr bloß ernst, sondern höchst verächtlich war, auf mich zu richten. Wenn ich ihn plötzlich fragte, was er wolle, so gab er keine Antwort und fuhr noch einige Sekunden lang fort, mich starr anzusehen; darauf preßte er in einer ganz besonderen Art mit vielsagender Miene die Lippen zusammen, drehte sich langsam auf dem Flecke um und ging langsam in sein Kämmerchen. Etwa zwei Stunden darauf kam er auf einmal wieder heraus und erschien wieder in derselben Weise vor mir. Es kam vor, daß ich in meiner Wut ihn gar nicht erst fragte, was er wolle, sondern einfach selbst in strenger, gebieterischer Manier den Kopf in die Höhe hob und ebenfalls anfing, ihn starr anzusehen. So sahen wir einander manchmal ein paar Minuten lang an; endlich drehte er sich langsam und würdevoll um und ging wieder auf zwei Stunden weg... Wenn ich mich auch durch dieses Mittel nicht zur Vernunft bringen ließ und zu revoltieren fortfuhr, so begann er auf einmal, mich ansehend, zu seufzen, lange und tief zu seufzen, als wolle er mit diesem einen Seufzer die ganze Tiefe meines moralischen Falles ausmessen, und selbstverständlich endete die Sache schließlich damit, daß er vollständig siegte: ich wütete und schrie; aber ich sah mich trotzdem genötigt, das, um was es sich handelte, auszuführen.
Diesmal jedoch hatte das gewöhnliche Manöver der ernsten Blicke kaum angefangen, als ich sogleich außer mich geriet

und wütend auf ihn losstürzte. Ich befand mich auch ohne dies schon in übermäßig gereiztem Zustande.
»Hiergeblieben!« schrie ich wie ein Rasender, als er sich, die eine Hand auf den Rücken haltend, langsam und schweigend umdrehte, um sich nach seinem Kämmerchen zu begeben; »hiergeblieben! Dreh dich um, dreh dich um; ich rede mit dir!« Und mein Brüllen klang wohl sehr ungewöhnlich; denn er drehte sich wirklich um und begann mich sogar mit einer gewissen Verwunderung zu betrachten. Indessen sagte er auch jetzt noch kein Wort, und eben das war es, was mich wütend machte.
»Wie kannst du dich erdreisten, ungerufen zu mir hereinzukommen und mich so anzusehen? Antworte!«
Aber nachdem er mich wieder schweigend eine halbe Minute lang angesehen hatte, begann er von neuem sich umzudrehen.
»Hiergeblieben!« brüllte ich, indem ich zu ihm hinstürzte. »Nicht von der Stelle! So! Jetzt antworte: was hast du hier gewollt?«
»Wenn Sie jetzt einen Befehl für mich haben, so ist es meine Obliegenheit, ihn auszuführen«, antwortete er, wieder erst nach einigem Stillschweigen, mit seiner lispelnden Sprache leise und gemessen, wobei er die Augenbrauen in die Höhe zog und langsam den Kopf von einer Schulter nach der andern hin und her bog; und alles das tat er mit einer entsetzlichen Seelenruhe.
»Das ist keine Antwort auf meine Frage, du Henkersknecht!« schrie ich, vor Zorn zitternd. »Ich will dir selbst sagen, du Henkersknecht, weshalb du hierher kommst: du siehst, daß ich dir deinen Lohn nicht auszahle; du selbst aber willst aus Stolz mich nicht darum höflich bitten, und deshalb kommst du her, um mich mit deinen dummen Blikken zu bestrafen, zu peinigen, und hast gar keine Ahnung, du Henkersknecht, wie dumm das ist, wie dumm, wie dumm, wie dumm!«
Er wollte sich wieder schweigend umdrehen; aber ich packte ihn bei der Schulter.
»Hör mal zu!« schrie ich ihn an. »Da ist das Geld, siehst du,

da ist es!« (ich nahm es aus dem Tischkasten heraus), »die ganzen sieben Rubel; aber du bekommst sie nicht, bekommst sie nicht eher, als bis du mit respektvoller, unterwürfiger Miene kommst und mich um Verzeihung bittest. Nun hast du es gehört!«

»Das kann nicht geschehen!« antwortete er mit maßlosem Selbstgefühl.

»Es wird geschehen!« schrie ich. »Ich gebe dir mein Ehrenwort, es wird geschehen!«

»Ich habe auch gar nichts getan, wofür ich Sie um Verzeihung bitten sollte«, fuhr er fort, wie wenn er gar nicht gehört hätte, was ich ihm zuschrie. »Vielmehr haben Sie selbst mich einen Henkersknecht genannt, wofür ich Sie jederzeit bei der Polizei wegen Beleidigung belangen kann.«

»Geh hin! Belange mich!« schrie ich; »geh sofort, diese Minute, diese Sekunde! Aber du bist doch ein Henkersknecht! Ein Henkersknecht! Ein Henkersknecht!« Aber er sah mich nur an, drehte sich dann um und ging, ohne auf das zu hören, was ich ihm nachrief, und ohne sich noch einmal zurückzuwenden, mit ruhigen Schritten in sein Kämmerchen.

»Wenn Lisa nicht gewesen wäre, so wäre nichts von alledem geschehen!« sagte ich mir im stillen. Nachdem ich dann etwa eine Minute lang dagestanden hatte, begab ich mich würdevoll und feierlich, aber mit langsam und stark pochendem Herzen selbst zu ihm hinter die Halbwand.

»Apollon!« sagte ich leise und in einzelnen Absätzen; ich konnte nur mühsam atmen, »geh sofort und ohne den geringsten Verzug hin und hole den Polizeiinspektor!«

Er hatte sich unterdessen schon an seinem Tische niedergelassen, die Brille aufgesetzt und eine Näharbeit vorgenommen. Aber als er meinen Befehl hörte, prustete er auf einmal vor Lachen los.

»Geh sofort hin, augenblicklich! Geh hin, oder es passiert etwas, was du nicht ahnst.«

»Sie sind wahrhaftig nicht bei Verstand«, bemerkte er, ebenso langsam lispelnd wie sonst; er hob nicht einmal den Kopf in die Höhe und fuhr fort, seine Nadel einzufädeln.

»Wo hat man das je gehört, daß jemand selbst gegen sich die Polizei rufen läßt? Und was den Versuch, mich einzuschüchtern, anlangt, so haben Sie sich damit vergebliche Mühe gemacht; denn es wird nichts passieren.«
»Geh hin!« kreischte ich und faßte ihn an der Schulter. Ich fühlte, daß ich im nächsten Augenblicke auf ihn losschlagen würde.
Aber ich bemerkte nicht, daß gerade in diesem Moment die Flurtür leise und langsam geöffnet wurde und eine Gestalt eintrat, stehenblieb und uns erstaunt zu betrachten begann. Ich blickte hin, wurde starr vor Scham und stürzte in mein Zimmer. Dort griff ich mir mit beiden Händen in die Haare, lehnte mich mit dem Kopfe gegen die Wand und verharrte wie versteinert in dieser Stellung.
Nach etwa zwei Minuten hörte ich die langsamen Schritte Apollons.
»Da fragt eine nach Ihnen«, sagte er und sah mich dabei besonders ernst an; dann trat er zur Seite und ließ Lisa an sich vorbei. Er wollte nicht fortgehen und betrachtete uns spöttisch.
»Geh hinaus! Geh hinaus!« befahl ich ihm ganz fassungslos.
In diesem Augenblicke machte meine Wanduhr eine gewaltige Anstrengung, fing an zu zischen und schlug dann sieben.

IX

> »Als volle, wahre Herrin tritt
> Erhobnen Hauptes in mein Haus!«

Ganz niedergeschmettert, tödlich blamiert, in schmählicher Verwirrung stand ich vor ihr, und ich glaube, ich lächelte, während ich mich aus allen Kräften bemühte, die Schöße meines defekten wattierten Schlafrockes übereinanderzuschlagen, – also genau so, wie ich mir das unlängst in meiner Mutlosigkeit vorgestellt hatte. Apollon ging, nachdem er noch ein paar Minuten bei uns gestanden hatte, hinaus; aber es wurde mir dadurch nicht leichter ums Herz. Das

Schlimmste war, daß auch sie auf einmal verlegen wurde, und zwar in einem Grade, wie ich es gar nicht erwartet hatte. Was sie verlegen machte, war selbstverständlich mein Anblick.

»Setz dich!« sagte ich mechanisch und schob ihr einen Stuhl an den Tisch; ich selbst aber setzte mich auf das Sofa. Gehorsam setzte sie sich sogleich hin, sah mich mit großen Augen an und erwartete offenbar sogleich etwas von mir. Eben diese naive Erwartung war es, die mich wütend machte; aber ich beherrschte mich.

»Gerade unter diesen Umständen«, dachte ich, »müßte sie sich doch Mühe geben, nichts zu bemerken, als ob alles in Ordnung wäre; aber sie...« Und ich hatte unklar das Gefühl, daß sie mir für all das werde schwer büßen müssen.

»Du hast mich in einer sonderbaren Situation getroffen, Lisa«, begann ich stockend; ich wußte recht wohl, daß ich gerade so nicht hätte anfangen sollen.

»Nein, nein, denke nur nicht etwas Falsches!« rief ich, da ich sah, daß sie auf einmal errötete; »ich schäme mich meiner Armut nicht... Im Gegenteil, ich bin stolz darauf. Ich bin arm, aber von edler Denkweise... Man kann arm sein und doch eine edle Denkweise haben«, murmelte ich. »Aber... möchtest du Tee?«

»Nein...« fing sie an.

»Warte einen Augenblick!«

Ich sprang auf und lief zu Apollon. Ich mußte unbedingt von Lisa irgendwohin weglaufen.

»Apollon«, flüsterte ich in fieberhafter Hast und warf die sieben Rubel, die ich die ganze Zeit über in der geschlossenen Hand behalten hatte, vor ihm auf den Tisch; »da ist dein Lohn; siehst du, ich gebe ihn dir; aber zum Dank dafür mußt du mich retten: hole mir unverzüglich aus einem Restaurant Tee und zehn Zwiebacke. Wenn du nicht gehen willst, so machst du einen Menschen unglücklich! Du weißt nicht, was das für eine Frauensperson ist... Mehr sage ich nicht! Du denkst vielleicht irgend etwas... Aber du weißt nicht, was das für ein Wesen ist!...«

Apollon, der sich bereits wieder an seine Arbeit gemacht

und die Brille aufgesetzt hatte, schielte zuerst, ohne die Nadel hinzulegen, schweigend nach dem Gelde hin; dann fuhr er, ohne mir irgendwelche Aufmerksamkeit zuzuwenden und ohne mir etwas zu antworten, fort, sich mit dem Faden zu beschäftigen, den er immer noch nicht eingefädelt hatte. Ich wartete ungefähr drei Minuten, indem ich, die Arme à la Napoléon über der Brust verschränkt, vor ihm stand. Meine Schläfen waren feucht von Schweiß; ich selbst war blaß, das fühlte ich. Aber Gott sei Dank, er empfand gewiß bei meinem Anblick Mitleid. Nachdem er mit seinem Faden zurechtgekommen war, stand er langsam von seinem Platze auf, schob langsam den Stuhl zurück, nahm langsam die Brille ab, zählte langsam das Geld durch und fragte mich endlich über die Schulter weg: »Soll ich eine ganze Portion Tee holen?« und ging langsam hinaus. Während ich zu Lisa zurückging, kam mir unterwegs der Gedanke in den Sinn: »Soll ich nicht so, wie ich bin, im Schlafrock, davonlaufen, wohin es sich gerade trifft? Mag dann werden, was da will!«
Ich setzte mich wieder hin. Sie sah mich beunruhigt an. Einige Minuten lang schwiegen wir beide.
»Ich werde ihn töten!« rief ich plötzlich und schlug mit der Faust so heftig auf den Tisch, daß die Tinte aus dem Tintenfasse herausspritzte.
»Ach, was haben Sie nur!« rief sie erschrocken.
»Ich werde ihn töten, ich werde ihn töten!« kreischte ich, auf den Tisch schlagend; ich war ganz rasend und begriff gleichzeitig durchaus, wie dumm es war, so zu rasen.
»Du weißt nicht, Lisa, was dieser Henkersknecht für mich zu bedeuten hat. Er ist mein Folterer... Er ist jetzt gegangen, um Zwieback zu holen; er...«
Und auf einmal brach ich in Tränen aus. Das war ein Anfall. Ich schämte mich furchtbar, während ich so schluchzte; aber ich konnte mich nicht mehr beherrschen.
Sie bekam einen großen Schreck.
»Was ist Ihnen? Was ist Ihnen nur?« rief sie und bemühte sich um mich.
»Wasser, gib mir Wasser; dort ist welches!« murmelte ich mit schwacher Stimme; ich war mir übrigens dabei im stil-

len bewußt, daß ich sehr wohl ohne Wasser zurechtkommen konnte und nicht mit so schwacher Stimme zu murmeln brauchte. Aber ich stellte mich, wie man das nennt, so an, um den Anstand zu wahren, wiewohl der Anfall selbst echt war.
Sie reichte mir Wasser und sah mich ganz verstört an. In diesem Augenblicke brachte Apollon den Tee. Es schien mir auf einmal, daß dieser gewöhnliche, prosaische Tee nach alledem, was geschehen war, etwas schrecklich Unanständiges und Elendes sei, und ich errötete. Lisa blickte den Henkersknecht Apollon ordentlich ängstlich an. Er ging hinaus, ohne uns anzusehen.
»Lisa, du verachtest mich wohl?« fragte ich; ich hielt meinen Blick unverwandt auf sie gerichtet und zitterte vor Ungeduld zu erfahren, was sie dächte.
Sie war verlegen und wußte nicht, was sie antworten sollte.
»Trink den Tee!« sagte ich ärgerlich. Ich ärgerte mich über mich selbst; aber selbstverständlich mußte sie es entgelten. Ein furchtbarer Grimm gegen sie wallte plötzlich in meinem Herzen auf; ich glaube, ich hätte sie ohne weiteres töten können. Um mich an ihr zu rächen, nahm ich mir in Gedanken fest vor, die ganze Zeit über mit ihr kein Wort zu sprechen. »Sie ist an allem schuld«, dachte ich.
Unser Schweigen dauerte schon fünf Minuten. Der Tee stand auf dem Tische; aber wir langten ihm nicht zu: ich war so ergrimmt, daß ich absichtlich nicht anfangen wollte zu trinken, um ihr ihre Lage dadurch noch peinlicher zu machen; sie selbst konnte anständigerweise nicht wohl den Anfang machen. Mehrere Male blickte sie mich verwundert und traurig an. Ich schwieg hartnäckig. Der Hauptmärtyrer war allerdings ich selbst, weil ich mir der ganzen ekelhaften Gemeinheit meiner boshaften Dummheit vollkommen bewußt war und mich gleichzeitig schlechterdings nicht überwinden konnte.
»Ich will... von dort... ganz und gar weggehen«, begann sie, um das Schweigen irgendwie zu unterbrechen. Aber die Ärmste: gerade davon hätte sie in einem ohnehin schon so dummen Augenblicke zu einem ohnehin schon so dummen

Menschen, wie ich, nicht anfangen dürfen zu reden. Das Herz tat mir sogar weh vor Mitleid mit ihrer Ungeschicklichkeit und unzeitigen Offenheit. Aber eine häßliche Regung erstickte in mir auf der Stelle das ganze Mitleid und reizte mich sogar noch mehr auf; mochte alles in der Welt zugrunde gehen! Es vergingen noch fünf Minuten.

»Habe ich Sie auch nicht gestört?« begann sie schüchtern, kaum hörbar, und erhob sich vom Stuhle.

Aber sowie ich diese erste Äußerung beleidigter Würde wahrnahm, fing ich an zu zittern vor Bosheit und brach sofort los.

»Warum bist du zu mir gekommen? Das sage mir doch, bitte!« fing ich, nur mühsam atmend, an. Ich hielt in meinen Worten nicht einmal die logische Ordnung inne; ich wollte alles mit einemmal aussprechen, in einem einzigen Ergusse; ich kümmerte mich nicht einmal darum, womit ich anfing.

»Warum bist du gekommen? Antworte! Antworte!« schrie ich; ich wußte kaum von mir selbst. »Ich werde dir sagen, meine Beste, warum du gekommen bist. Du bist gekommen, weil ich damals mitleidige Worte zu dir gesagt habe. Na, und nun bist du in eine gerührte Stimmung hineingeraten und hast Lust bekommen, wieder mitleidige Worte zu hören. So wisse denn, wisse, daß ich mich damals über dich lustig gemacht habe. Und auch jetzt mache ich mich über dich lustig. Warum zitterst du? Ja, ich habe mich über dich lustig gemacht! Ich war vorher beleidigt worden, bei einem Diner, von eben jenen Herren, die damals vor mir zu euch kamen. Ich kam zu euch in der Absicht, einen von ihnen durchzuprügeln, den Offizier; aber das gelang mir nicht, da ich ihn nicht mehr antraf. Da mußte ich meinen Ingrimm über die erlittene Kränkung an irgend jemandem auslassen, jemandem meine Überlegenheit zu fühlen geben; du kamst mir in den Wurf, und da goß ich denn meine Bosheit über dich aus und machte mich über dich lustig. Man hatte mich gedemütigt; so wollte ich auch einen andern Menschen demütigen; man hatte mich unwürdig behandelt; so wollte auch ich meine Macht zeigen... So lag die Sache; du aber hast am Ende gedacht, ich wäre damals absichtlich hingekommen, um dich zu retten, ja? Hast du das gedacht? Hast du das gedacht?«

Ich wußte, daß sie vielleicht konfus werden und die Einzelheiten nicht verstehen werde; aber ich wußte auch, daß sie den Kern der Sache vorzüglich begreifen werde. Und so war es denn auch. Sie wurde blaß wie Leinwand, wollte etwas sagen, und ihre Lippen verzogen sich schmerzlich; aber wie wenn jemand sie mit einem Beile erschlagen hätte, sank sie auf den Stuhl nieder. Und in der folgenden Zeit, während ich sprach, hörte sie mir mit offenem Munde, mit weit geöffneten Augen und zitternd vor schrecklicher Angst zu. Der rohe Zynismus, der rohe Zynismus meiner Worte schlug sie zu Boden...

»Um dich zu retten!« fuhr ich fort, sprang vom Stuhle auf und lief vor ihr im Zimmer hin und her; »wovon denn? Aber ich selbst bin ja vielleicht schlechter als du. Warum hast du mir denn damals, als ich dir so erbauliche Reden hielt, nicht die Frage ins Gesicht geschleudert: ›Aber du selbst, warum bist du zu uns gekommen? Um uns Moral zu predigen?‹ Nach Macht, nach Macht verlangte mich damals; es verlangte mich danach, mein Spiel zu treiben, dich zum Weinen zu bringen, dich zu demütigen, hysterische Krämpfe bei dir hervorzurufen – das war es, wonach mich damals verlangte! Allerdings blieb ich damals selbst nicht fest, weil ich eben ein Waschlappen bin; ich bekam Angst und gab dir aus Dummheit, weiß der Teufel wozu, meine Adresse. Aber dann schimpfte ich dich, noch ehe ich nach Hause gekommen war, wegen dieser Adresse mit den häßlichsten Ausdrücken. Ich haßte dich bereits, weil ich dich damals belogen hatte. Denn ich kann nur mit Worten spielen und Hirngespinste bilden; aber weißt du wohl, was ich in Wirklichkeit möchte: daß ihr alle in die Erde versänket, das möchte ich! Ich will meine Ruhe haben. Wenn ich dadurch erreichen kann, daß man mich nicht in meiner Ruhe stört, so verkaufe ich die ganze Welt sofort für eine Kopeke. Soll die Welt untergehen, oder soll ich auf meinen Tee verzichten? Ich sage: die Welt möge untergehen, wenn ich nur immer meinen Tee trinken kann. Hast du das gewußt oder nicht?

Na, aber ich weiß, daß ich ein schändlicher, gemeiner Mensch, ein Egoist, ein Faulpelz bin. Siehst du, ich habe diese drei Tage über vor Furcht gezittert, daß du kommen würdest. Und weißt du, was mich diese drei Tage über besonders beunruhigt hat? Das war der Umstand, daß ich mich dir damals als einen solchen Helden präsentiert hatte und du mich nun hier auf einmal in meinem zerrissenen Schlafrock als garstigen Bettler erblicken würdest. Ich habe vorhin zu dir gesagt, ich schämte mich meiner Armut nicht; so wisse denn, daß ich mich ihrer hoch schäme, mich ihrer über alles schäme, vor ihr einen größeren Abscheu habe als vor allem andern, einen größeren als vor dem Begehen eines Diebstahls; denn ich bin in meiner Eitelkeit so empfindlich, als ob man mir die Haut abgezogen hätte und mir schon die bloße Luft Schmerz verursachte. Hast du es denn wirklich auch jetzt noch nicht begriffen, daß ich es dir nie verzeihen werde, daß du mich in diesem Schlafrocke angetroffen hast, in dem Augenblicke, als ich wie ein ergrimmtes Hündchen auf Apollon losging? Der Erlöser, der ehemalige Held stürzt wie ein räudiger, zottiger kleiner Köter auf seinen Diener los, und der lacht ihn aus! Und die Tränen von vorhin, die ich wie ein beschämtes altes Weib vor dir nicht zurückhalten konnte, die werde ich dir niemals verzeihen! Und das, was ich dir jetzt bekenne, werde ich dir ebenfalls niemals verzeihen! Ja, du, du allein bist für das alles verantwortlich, weil du mir so in den Wurf gekommen bist, und weil ich ein gemeiner Mensch, weil ich der garstigste, lächerlichste, kleinlichste, dümmste aller Erdenwürmer bin, die ganz und gar nicht besser sind als ich, die aber, weiß der Teufel woher, niemals verlegen werden; ich aber werde mein ganzes Leben lang von jedem Lump Nasenstüber bekommen; das ist nun eben ein Charakterzug an mir! Und was geht es mich an, daß du davon nichts begreifst? Und was, ja was in aller Welt gehst du selbst mich an, und ob du dort zugrunde gehst oder nicht? Und begreifst du wohl, wie ich jetzt, nachdem ich mich so dir gegenüber ausgesprochen habe, dich dafür hassen werde, daß du hier gewesen bist und es angehört hast? Der Mensch spricht sich ja nur ein einziges Mal im Leben so

aus, und auch das nur in einem Anfall von Hysterie!... Was willst du nun noch? Warum sitzt du nun noch nach alledem vor mir und peinigst mich und gehst nicht fort?«
Aber da begab sich auf einmal etwas Sonderbares.
Ich war dermaßen daran gewöhnt, mir alles auf Grund meines Bücherwissens in Gedanken zurechtzulegen und mir alles in der Welt so vorzustellen, wie ich selbst es mir schon vorher in meinen phantastischen Träumereien ausgedacht hatte, daß ich diesen sonderbaren Vorgang damals nicht einmal sofort begriff. Was sich aber begab, war dies: Lisa, die nun von mir beleidigte und gedemütigte Lisa, verstand alles weit besser, als ich angenommen hatte. Sie verstand von alledem namentlich das, was ein Weib immer vor allem versteht, wenn es wahrhaft liebt, nämlich daß ich selbst unglücklich war.
Das Gefühl der Angst und des Schmerzes über die erlittene Kränkung, das sich auf ihrem Gesichte ausgeprägt hatte, war zuerst von einem trauernden Erstaunen abgelöst worden. Als ich aber anfing, mich einen schändlichen, gemeinen Menschen zu nennen, und mir die Tränen zu fließen begannen (ich brachte diese ganze Tirade unter Tränen heraus), da verzerrte sich ihr ganzes Gesicht wie von einem Krampfe. Sie wollte aufstehen und mir Einhalt tun; als ich aber schloß, da kümmerte sie sich nicht um meine heftigen Fragen: ›Warum bist du hier, warum gehst du nicht fort?‹, sondern beachtete nur das eine, daß es mir offenbar selbst eine große Pein war, das alles auszusprechen. Aber sie war so verschüchtert, die Ärmste; sie meinte, unendlich weit unter mir zu stehen; wie hätte sie böse werden, sich beleidigt fühlen können? Sie sprang auf einmal in einem unwiderstehlichen Impuls vom Stuhle auf; aber obwohl sie mit ihrem ganzen Wesen zu mir hinstrebte, war sie doch noch so zaghaft, daß sie nicht wagte, sich vom Platze zu rühren, und nur die Arme nach mir ausstreckte... Da drehte sich auch mir das Herz in der Brust herum. Dann stürzte sie plötzlich zu mir hin, umschlang meinen Hals mit ihren Armen und brach in Tränen aus. Ich konnte mich ebenfalls nicht beherrschen und schluchzte so, wie es noch nie bei mir vorgekommen war...

»Man läßt mich nicht... Ich kann nicht... ich kann kein guter Mensch sein!« stieß ich mühsam hervor; dann ging ich zum Sofa, ließ mich mit dem Gesicht nach unten darauf niederfallen und schluchzte eine Viertelstunde lang in einem echten hysterischen Anfall. Sie warf sich zu mir hin, umarmte mich und verharrte wie erstarrt in dieser Haltung.
Aber die Sache war die, daß dieser Anfall doch einmal wieder aufhören mußte. Und siehe da (ich schreibe ja die ekelhafte Wahrheit nieder), während ich da so vornüber auf dem Sofa lag und das Gesicht fest auf mein schäbiges Lederkissen preßte, da begann ich allmählich, ganz von weitem, unwillkürlich, aber unwiderstehlich zu fühlen, daß es mir unbehaglich sein werde, den Kopf aufzuheben und Lisa gerade in die Augen zu sehen. Worüber schämte ich mich? Ich weiß es nicht; aber schämen tat ich mich. Es kam mir auch in meinen aufgeregten Kopf der Gedanke, daß sie jetzt die Heldin sei und ich ein genau ebenso erniedrigtes, niedergedrücktes Geschöpf, wie sie es mir gegenüber in jener Nacht, vor vier Tagen, gewesen war... Und alle diese Gedanken kamen mir noch zu der Zeit, wo ich mit dem Gesicht auf dem Sofa lag!
O Gott, ob ich sie damals wirklich beneidet habe?
Ich weiß es nicht; selbst heutigentages kann ich diese Frage nicht beantworten; damals aber war ich natürlich noch weniger imstande, es zu begreifen, als jetzt. Ohne jemand zu beherrschen und zu tyrannisieren kann ich eben nicht leben... Aber... aber mit Reflexionen läßt sich ja nichts erklären, und daher hat es auch keinen Zweck zu reflektieren.
Ich überwand mich jedoch und hob den Kopf in die Höhe; ich mußte ihn ja doch einmal aufheben... Und da bin ich noch heutigentages davon überzeugt, daß gerade, weil ich mich schämte, sie anzusehen, in meinem Herzen damals plötzlich ein anderes Gefühl entbrannte und aufflammte: die Begierde, zu herrschen und zu besitzen. Meine Augen blitzten vor Leidenschaft, und ich drückte ihr kräftig die Hände. Wie haßte ich sie in diesem Augenblicke, und wie zog es mich gleichzeitig zu ihr hin! Das eine Gefühl überwältigte das andere. Das hatte beinahe mit Rache Ähnlichkeit!

Auf ihrem Gesichte malte sich anfangs eine Art von verständnisloser Verwunderung, ja von Furcht, aber nur einen Augenblick lang. Voller Entzücken umarmte sie mich leidenschaftlich.

X

Eine Viertelstunde darauf lief ich in wütender Ungeduld im Zimmer auf und ab, trat alle Augenblicke an den Bettschirm heran und blickte durch eine Spalte nach Lisa hin. Sie saß auf dem Fußboden, lehnte den Kopf an das Bett und weinte wahrscheinlich. Aber sie ging nicht fort, und gerade das war es, was mich in Erregung versetzte. Diesmal verstand und durchschaute sie alles. Ich hatte sie in einer nicht wieder gutzumachenden Weise beleidigt; aber... es hat keinen Zweck, das zu erzählen. Sie hatte erkannt, daß der Ausbruch meiner Leidenschaft geradezu ein Racheakt gewesen war, eine neue ihr zugefügte Erniedrigung, und daß sich zu meinem früheren fast gegenstandslosen Hasse jetzt noch ein persönlicher, neidischer Haß gegen sie gesellt hatte... Indessen will ich nicht behaupten, daß sie das alles mit völliger Klarheit erkannt hätte; aber dafür begriff sie vollkommen, daß ich ein schändlicher Mensch und vor allen Dingen nicht fähig war, sie zu lieben.
Ich weiß, man wird mir vorhalten, das sei unwahrscheinlich; es sei unwahrscheinlich, daß jemand so boshaft und dumm sein könne, wie ich nach meiner Schilderung; vielleicht wird man noch hinzufügen, es sei unwahrscheinlich, daß ich sie nicht hätte liebgewinnen oder nicht wenigstens ihre Liebe nach Verdienst schätzen sollen. Warum sollte es unwahrscheinlich sein? Erstens war ich überhaupt nicht mehr fähig zu lieben; denn (ich wiederhole es) lieben bedeutete bei mir soviel wie tyrannisieren und moralisch beherrschen. Ich habe mir sogar mein ganzes Leben lang die Liebe nicht anders vorstellen können und bin dahin gelangt, daß ich jetzt manchmal glaube, die Liebe bestehe eben darin, daß das geliebte Wesen einem gutwillig das Recht einräumt,

es zu tyrannisieren. Auch in den Träumereien, denen ich mich in meiner Abgeschiedenheit hingab, habe ich mir die Liebe immer nur als einen Kampf vorgestellt, sie stets mit Haß begonnen und mit moralischer Unterjochung des geliebten Wesens beendet, dann aber mir überhaupt keine Vorstellung davon zu machen vermocht, was ich mit dem unterjochten Wesen weiter anfangen könne. Und was kann denn hierbei unwahrscheinlich sein, da ich doch schon dermaßen moralisch verkommen, dermaßen des »lebendigen Lebens« entwöhnt war, daß ich mir ein Weilchen vorher hatte beikommen lassen, ihr zu ihrer Beschämung den Vorwurf zu machen, sie sei zu mir gekommen, um »mitleidige Worte« zu hören, während ich selbst nicht erriet, daß sie ganz und gar nicht gekommen war, um mitleidige Worte zu hören, sondern um mich zu lieben, weil für ein Weib in der Liebe die ganze Auferstehung, die ganze Rettung von allem Verderben und die ganze Wiedergeburt besteht und sich überhaupt auf keine andere Weise als darin offenbaren kann. Indessen haßte ich sie nicht so besonders mehr, als ich da im Zimmer hin und her lief und durch die Spalte des Bettschirms hindurchsah. Es war mir nur unerträglich peinlich, daß sie da war. Ich wollte, daß sie verschwinden möchte. Ruhe wollte ich haben, allein bleiben in meinem Stübchen. Das »lebendige Leben« bedrückte mich, der ich an dasselbe nicht gewöhnt war, dermaßen, daß mir sogar das Atmen schwer wurde.

Aber es vergingen noch mehrere Minuten, und sie erhob sich immer noch nicht, als ob sie alles um sich her vergessen hätte. Ich war gewissenlos genug, leise an den Bettschirm zu klopfen, um sie aus ihrer Versunkenheit aufzuwecken. Sie schrak plötzlich zusammen, sprang in die Höhe und machte sich eilig daran, ihr Brusttuch, ihren Hut, ihren Pelz zu suchen, wie wenn sie sich vor mir irgendwohin retten wollte. Zwei Minuten darauf trat sie langsam hinter dem Bettschirm hervor und sah mich ernst und traurig an. Ich lächelte boshaft, indes nur gezwungen, »anstandshalber«, und wandte meinen Blick von ihr ab.

»Leben Sie wohl«, sagte sie und ging nach der Tür hin.

Ich lief auf einmal zu ihr hin, ergriff ihre Hand, öffnete sie, schob ihr etwas hinein und machte sie dann wieder zu. Darauf wandte ich mich sogleich ab und stürzte so schnell wie möglich nach der entgegengesetzten Ecke des Zimmers, um wenigstens nichts weiter zu sehen.
Ich wollte soeben lügen und hinschreiben, daß ich das ohne Überlegung, ohne recht von mir selbst zu wissen, in geistiger Verwirrung, aus Dummheit getan hätte. Aber ich will nicht lügen, und darum sage ich offen: daß ich ihr die Hand aufmachte und etwas hineinschob, geschah aus Bosheit. Der Einfall, dies zu tun, war mir gekommen, als ich im Zimmer hin und her lief und sie hinter dem Bettschirm saß. Aber folgendes kann ich wahrheitsgemäß sagen: ich beging diese Grausamkeit zwar absichtlich; aber sie kam nicht aus meinem Herzen, sondern aus meinem argen Kopfe. Diese Grausamkeit war dermaßen erkünstelt, ausspintisiert, absichtlich ersonnen, »buchmäßig«, daß ich selbst es auch nicht eine Minute lang ertragen konnte: zuerst stürzte ich in die Ecke, um nichts mehr zu sehen; dann aber eilte ich voll Scham und Verzweiflung Lisa nach. Ich öffnete die Flurtür und horchte.
»Lisa! Lisa!« rief ich auf die Treppe hinaus, aber nicht mit dreister Stimme, sondern nur halblaut.
Es erfolgte keine Antwort; ich glaubte ihre Schritte auf den untersten Stufen zu hören.
»Lisa!« rief ich lauter.
Keine Antwort. Aber in demselben Augenblicke hörte ich von unten, wie sich die schwerfällige Haustür kreischend öffnete und schwerfällig wieder zuschlug. Ein dumpfer Widerhall erscholl auf der Treppe.
Sie war weggegangen. Unentschlossen kehrte ich ins Zimmer zurück. Ich fühlte mich schrecklich bedrückt.
Ich blieb am Tische neben dem Stuhl stehen, auf dem sie gesessen hatte, und starrte gedankenlos vor mich hin. So verging etwa eine Minute; auf einmal zuckte ich mit dem ganzen Leib zusammen: gerade vor mir erblickte ich auf dem Tische... kurz, ich erblickte einen zusammengeknitterten blauen Fünfrubelschein, denselben Schein, den ich ihr eine

Minute vorher in die Hand gesteckt hatte. Es war derselbe Schein; es konnte kein andrer sein; ein andrer war überhaupt in der Wohnung nicht vorhanden. Sie hatte also in dem Augenblicke, wo ich in die entgegengesetzte Ecke stürzte, Zeit gefunden, ihn aus der Hand auf den Tisch zu werfen.

Nun ja, ich hätte erwarten können, daß sie das tun werde. Konnte ich es wirklich erwarten? Nein. Ich war ein solcher Egoist und schätzte tatsächlich die Menschen so gering, daß ich mir gar nicht vorstellen konnte, daß sie so handeln werde. Das ertrug ich nicht. Einen Augenblick darauf begann ich wie ein Unsinniger mich anzukleiden, indem ich mir auf den Leib zog, was ich in der Hast ergriff, und lief ihr Hals über Kopf nach. Sie konnte noch nicht zweihundert Schritte weit weg sein, als ich auf die Straße hinauslief.

Es war still und schneite; der Schnee fiel fast senkrecht herunter und breitete sich wie ein Kissen auf das Trottoir und auf die menschenleere Straße. Es waren keine Passanten vorhanden; kein Laut war zu hören. Trübselig und nutzlos schimmerten die Laternen. Ich lief etwa zweihundert Schritte bis zu einer Straßenkreuzung und blieb dann stehen. Wohin war sie gegangen? Und wozu lief ich ihr nach?

Ja, wozu? Um vor ihr niederzufallen, vor Reue zu schluchzen, ihre Füße zu küssen, sie um Verzeihung zu bitten! Das wollte ich; die Brust drohte mir in Stücke zu springen, und niemals, niemals werde ich mit Gleichmut an diesen Augenblick zurückdenken. Aber, – wozu? ging es mir durch den Kopf. Werde ich sie nicht vielleicht schon morgen gerade dafür hassen, daß ich heute ihre Füße geküßt habe? Kann ich sie etwa glücklich machen? Habe ich nicht heute wieder, zum hundertsten Male, erkannt, daß ich ein ganz wertloser Mensch bin? Werde ich sie etwa nicht zu Tode quälen?

Ich stand im Schnee da, starrte in die trübe Dunkelheit hinein und überlegte dies alles.

»Und wird es nicht das beste, wirklich das beste sein«, phantasierte ich nachher, als ich schon zu Hause war und mit solchen Phantasien den scharfen Seelenschmerz zu betäuben versuchte, »wird es nicht das beste sein, wenn sie jetzt für ihre ganze Lebenszeit die Beleidigung mit sich fortträgt? Eine Beleidigung, das ist ja doch zugleich eine Läuterung; das ist die bitterste, schmerzlichste Form der Selbsterkenntnis! Gleich morgen hätte ich durch mein weiteres Verhalten ihre Seele beschmutzt und ihr Herz matt gemacht. Aber das Gefühl, beleidigt zu sein, wird in ihr jetzt niemals ersterben, und wie ekelhaft auch der Schmutz sein mag, der sie erwartet, die Beleidigung wird sie adeln und läutern... durch den Haß... hm!... vielleicht auch durch Vergebung... Aber wird ihr von alledem leichter ums Herz werden?«

Und in der Tat, da möchte ich jetzt von mir aus eine müßige Frage stellen: Was ist besser, ein billiges Glück oder ein erhabenes Leid? Na also, was ist besser?

Diese Gedanken gingen mir durch den Kopf, als ich an jenem Abend bei mir zu Hause saß und vor Seelenschmerz fast vergehen wollte. Noch niemals hatte ich so viel Leid und Reue durchgemacht; aber konnte es denn im geringsten zweifelhaft sein, als ich aus der Wohnung hinauslief, daß ich auf halbem Wege kehrtmachen und nach Hause zurückkehren würde? Ich habe Lisa nie wiedergesehen und nie mehr etwas von ihr gehört. Ich füge noch die Bemerkung hinzu, daß die Phrase von dem Nutzen der Beleidigung und des Hasses mir lange Zeit hindurch eine gewisse Befriedigung gewährte, trotzdem ich selbst vor Leid damals beinahe krank wurde.

Selbst jetzt, nach so vielen Jahren, habe ich bei der Erinnerung an all dies die Empfindung, daß es doch gar zu häßlich war. Vieles erscheint mir jetzt als häßlich; aber... soll ich nicht an diesem Punkte meine Aufzeichnungen abschließen? Ich glaube, ich habe einen Fehler damit begangen, daß ich sie überhaupt zu schreiben angefangen habe. Wenigstens habe ich mich die ganze Zeit über, während ich diese »Novelle« schrieb, geschämt: folglich war das nicht sowohl eine literarische Tätigkeit als vielmehr eine Korrektionsstrafe. Lange Geschichten darüber zu erzählen, wie ich mir mein Leben verhunzt habe durch meine moralische Fäulnis in meinem abgeschiedenen Winkel, durch den Mangel einer angemessenen Umgebung, durch die Entwöhnung von dem

»lebendigen Leben« und durch die Bosheit, die ich in meiner ärmlichen Behausung sorgsam ausklügelte, das ist wahrhaftig nicht interessant. In einem Roman muß ein Held sein; hier aber kommen wie absichtlich alle Charakterzüge für das Gegenteil eines Helden zusammen, und, was die Hauptsache ist, dies alles macht einen unangenehmen Eindruck, weil wir alle uns des Lebens entwöhnt haben, weil wir alle an diesem Fehler laborieren, der eine mehr, der andre weniger. Wir haben uns seiner dermaßen entwöhnt, daß wir manchmal vor dem wirklichen »lebendigen Leben« eine Art von Abscheu empfinden und es deswegen auch nicht leiden mögen, wenn man uns an dieses erinnert. Sind wir ja doch dahin gelangt, daß wir das wirkliche »lebendige Leben« beinahe für eine Mühe, beinahe für eine drückende dienstliche Arbeit halten und sämtlich im stillen darüber einig sind, daß es sich »buchmäßig« besser lebt. Und warum sind wir manchmal so unruhig und launisch? Worauf richten sich unsere Wünsche? Wir wissen selbst nicht worauf. Uns selbst würde es schlechter gehen, wenn unsere törichten Wünsche in Erfüllung gingen. Na, machen Sie doch einmal einen Versuch, geben Sie uns zum Beispiel größere Selbständigkeit, binden Sie irgendeinem von uns die Hände los, erweitern Sie den Kreis seiner Tätigkeit, lockern Sie die Bevormundung, und wir… ich versichere Ihnen: wir werden sogleich wieder um die Bevormundung bitten. Ich weiß, daß Sie vielleicht deswegen über mich empört sein, mit den Füßen stampfen und mir zurufen werden: »Reden Sie von sich allein und von Ihrer Misere in Ihrem einsamen Winkel; aber erdreisten Sie sich nicht zu sagen: ›wir alle‹!« Erlauben Sie, meine Herren, wenn ich »wir alle« sage, so tue ich das ja doch nicht, um mich zu entschuldigen. Was speziell mich anlangt, so habe ich ja in meinem Leben nur dasjenige bis zur äußersten Grenze durchgeführt, was Sie nicht einmal bis zur Hälfte durchzuführen gewagt haben; und dabei haben Sie noch Ihre Feigheit als Vernunft aufgefaßt und sich durch diesen Selbstbetrug getröstet. Daher ergibt sich am Ende, daß ich noch lebendiger bin als Sie. Aber sehen Sie doch einmal schärfer hin! Wir wissen ja nicht einmal, wo das Lebendige jetzt eigentlich lebt, und von welcher Art es ist, und wie es heißt. Lassen Sie uns einmal allein sein, ohne Bücher, und wir werden sofort in Verwirrung geraten und ratlos sein und nicht wissen, woran wir uns anschließen und was wir festhalten sollen, was wir lieben und hassen, verehren und verachten sollen. Wir halten es sogar für eine Last, daß wir Menschen sein sollen. Menschen mit wirklichem, eigenem Leib und Blut; wir schämen uns dessen, betrachten es als eine Schande und möchten eine Art von nie dagewesenen Universalmenschen sein. Wir sind Totgeburten und werden schon seit langer Zeit nicht von lebendigen Vätern erzeugt, und das sagt uns je länger je mehr zu. Wir kommen allmählich in Geschmack. Bald werden wir ein Mittel ausfindig machen, irgendwie aus der Idee geboren zu werden. Aber nun genug; mehr will ich »aus dem Dunkel der Großstadt« nicht schreiben.

Übrigens enden die Aufzeichnungen dieses Liebhabers paradoxer Behauptungen hier doch noch nicht. Er hat sich nicht beherrschen können und hat weitergeschrieben. Aber auch uns scheint es, daß wir hier abbrechen können.

DIE HANDELNDEN PERSONEN

Erzähler: ehemaliger Kollegienassessor
Antón Antónowitsch Sétotschkin: ehemaliger Vorgesetzter des Erzählers
Apollón: Diener des Erzählers
Lísa: Bekannte des Erzählers
Símonow, Ferfítschkin, Trudoljúbow: ehemalige Schulkameraden des Erzählers
Swerków: Offizier

DOSTOJEWSKI
ALPHABETISCHES VERZEICHNIS DER ROMANE UND ERZÄHLUNGEN

INHALT

Erster Teil: Das Dunkel

Zweiter Teil: Bei nassem Schnee